Zu diesem Buch

In ihren Erinnerungen beleuchtet Luise Gräfin Schlippenbach die Aufbaujahre der Bundesrepublik Deutschland, die sie beruflich am Puls des Geschehens in Verwaltung und Presse erlebte. Die Arzttochter aus dem Westfälischen schlug schon bei der Wahl ihres Studiums – Betriebswirtschaft – einen damals für eine Frau noch ungewöhnlichen Weg ein und fand dann in der von Männern dominierten Berufswelt der frühen Bundesrepublik ihren Platz

Im »Verwaltungsamt für Wirtschaft« in Minden in Westfalen, dem Vorläufer des heutigen Bundeswirtschaftsministeriums, begann 1946 ihr Weg als eine der ersten Referentinnen, schon bald als Leiterin der »Preismeldestelle«, der obersten westdeutschen Preisstatistik. 1948 übernahm Ludwig Erhard, inzwischen Direktor des in »Verwaltung für Wirtschaft« umbenannten und nach Höchst übersiedelten Amtes, die Autorin als Referentin in seine Presseabteilung. Das Erlebnis der Währungsreform, die liberale Politik der »Freien Marktwirtschaft« Erhards mit dem durchschlagenden Erfolg des »Deutschen Wirtschaftswunders« bei nahezu totalem sozialen Frieden prägten ihren zukünftigen Weg als Journalistin.

Als Bonner Korrespondentin führender Tages- und Wochenzeitungen sowie namhafter Korrespondenzdienste spiegelte sie – gemeinsam mit ihrem Mann, Dr. Stefan Graf Schlippenbach – in Berichten und Kommentaren den wirtschaftlichen Wiederaufbau der Bundesrepublik in vielen seiner Facetten.

Lag in Bonn der Schwerpunkt in Begegnungen mit Prominenz aus Politik und Diplomatie, so verlagerte er sich in den Jahren von 1955–66 als freie Wirtschaftsredakteurin in Köln auf Großwirtschaft, Verbände und Messen. Die Leitung von PR und Werbung in der Konzernleitung einer großen Versicherungsgruppe in Köln war die letzte Station ihres beruflichen Wirkens.

Ludwig Erhards Vision war es, die Welt über eine »Freie Marktwirtschaft« friedlich zusammenwachsen zu sehen. Die Autorin erinnert aus eigener Anschauung an die wegweisenden Anfänge seiner Wirtschaftspolitik und schlägt den Bogen zu unserer von Euro und Globalisierung geprägten Gegenwart.

Luise Gräfin Schlippenbach

Im Wandel stets dabei

Eine Zeitzeugin erinnert sich
1922–1997

Herausgegeben und mit einem Vorwort
von Ingelore Pilwousek

Dieses Buch erschien erstmals im August 2002

Weitere Informationen über den Verlag und sein Programm unter:
www.allitera.de

Bibliographische Information der Deutschen Bibliothek

Die Deutsche Bibliothek verzeichnet diese Publikation in der Deutschen
Nationalbibliographie; detaillierte bibliographische Daten sind im Internet
über <http://dnb.ddb.de> abrufbar.

Januar 2005
Allitera Verlag
Ein Books on Demand-Verlag der Buch&media GmbH, München
© 2005 Buch&media GmbH (Allitera Verlag)
Umschlaggestaltung: Kay Fretwurst, Spreeaux
Herstellung: Books on Demand GmbH, Norderstedt
Printed in Germany · ISBN 3-86520-079-6

Inhalt

Vorwort	7
Zum Geleit	9
Kindheit in der Provinz 1922–1940	11
Studium im Krieg 1940–1945	35
Referentin im »Verwaltungsamt« 1946–1949	46
Die Schlippenbachs	57
Wirtschaftsjournalisten in Frankfurt, Bonn und Köln 1949–1966	75
»Agrippina« und »Industrie-Institut« 1966–1972	111
Alter in Kärnten, Grado, München 1973–1997	119

Vorwort

»Eigenes Leben – Erlebte Geschichte« ist eine Veranstaltungsreihe, die die Seniorenbörse in München durchführt. Dr. Luise Gräfin Schlippenbach erzählte dort aus ihrem Leben. Ihre Schilderungen passten so gut zu diesem Motto, dass ich sie bat, ihre Erinnerungen, die sie schon einmal in einem kleinen Bändchen zusammengefasst hatte, zu einem Buch zu erweitern.

Ihr Leben umfasst fast ein ganzes Jahrhundert und gibt ein lebendiges Bild der Ereignisse, die diese Zeit widerspiegeln. Zeitgeschichte vermitteln – wer könnte es besser als die, die sie erlebt haben. Persönliche Erlebnisse und Gefühle können nun einmal nicht aus Akten entnommen werden. Die Verfasserin hat ein an Höhen und Tiefen reiches Leben durchgestanden. Das Buch zeigt, wie bewegt das vorige Jahrhundert war. Es soll Mut machen, auch die Zukunft so zupackend zu gestalten und dabei daran erinnern und zeigen, dass die Ereignisse der Vergangenheit und ihre Kenntnis dabei helfen können.

Ingelore Pilwousek

Zum Geleit

Der Euro ist da. Die Welt beginnt sich umzustrukturieren, mit Schmerzen und Kämpfen. Man ahnt, hofft, spekuliert. Für und Wider stoßen sich hart im Raum. Niemand weiß genau, was wird. Spricht man mit Jüngeren, fällt auf, wie wenig sie vom vergangenen Jahrhundert wissen, der Basis der Zukunft.

Erster Weltkrieg, Inflation, behütete Kindheit in einer untergegangenen Welt, Hitler, aus Not, falschem Glauben und deutsch-nationalem Missverständnis erstanden, sein Unrecht, nahezu unausweichliche Verstrickungen in sein Böses, Schweigen und Verdrängen aus Scham, Krieg, Elend, Aufbau aus Trümmern, Wohlstand, Bruch zwischen den Generationen, Emanzipation, sozialer Aufbruch bis zur Übersozialisierung und nun Europa mit seinem Umdenken-*Müssen*, für so manchen noch schwer nachvollziehbar, das rasante Tempo der Globalisierung, unumkehrbar wie die Technik.

Ich wage das Experiment mich zu erinnern, den Versuch zurückzudenken, Spiegelbilder zu entwerfen, aus deren Hintergrund Schlaglichter des Vergangenen aufleuchten, einer Zeit, die schon Historie geworden ist.

Luise Schlippenbach

Kindheit in der Provinz
1922–1940

Der Ginster stand in voller Blüte, die Frühlingssonne schien auf mein Gesicht, als mich Pastor Erdmann in der geschmückten Dorfkirche zu Kirchlengern in Westfalen taufte. Das war 1922. Erst wenige Wochen vor meiner Geburt waren meine Eltern in das Dorf gezogen. Mein Vater hatte die frei gewordene Stelle des Landarztes übernommen. Vermittelt hatte sie ihm Gustav Heinecke, der »König von Kirchlengern«. Er wurde so genannt, weil er in seiner Zigarillo-Fabrik nahezu das halbe Dorf beschäftigte. Mit seinem Bruder Hans hatte er jenen Betrieb aus dem Nichts aufgebaut, der nun Mittelpunkt des Ortes geworden war.

Im ersten Stock des Bürogebäudes betrieb mein Vater seine Praxis, bis meine Eltern 1930 ein eigenes Haus bauten. Das »Kontor«, wie das Büro genannt wurde, schloss den Gesamtkomplex zur Hauptstraße ab. Die Fabrik lag daneben. Von dort durchschritt man einen ausgedehnten Park, unter dessen blühenden Apfelbäumen mein Kinderwagen stand. Weite, wellige Wiesen, von bunten Rabatten umschlossen, und mit rotem Kies bestreute Fusswege, führten zum Privathaus Heinecke. Breit hingestreckt, hohe Fenstertüren öffneten sich einer Natursteinterrasse, die sich an der Front entlang zog. Davor eine rechteckige Rasenfläche, nach englischer Art geschnitten, von Stockrosen abgeschlossen. Wieder umrahmten rote Wege diesen Teil des Parks. Blickte man von der Terrasse nach links, so sah man einen haushohen Hang, an dem Rhododendron-Blüten in allen Farben prangten. Ließ man seine Augen nach rechts schweifen, lud eine dicht bewachsene Pergola zum Spazieren ein. Für dieses Paradies war Gärtner Siekmann ebenso zuständig wie für die Pflege des hinter hohen Mauern verborgenen Gemüsegartens, des Tennisplatzes und das tägliche Harken des – wiederum mit Kies bestreuten – Rondells der Einfahrt. In meinen Kinder- und Jugendjahren war ich so gerne dort, in der Geborgenheit, die dieses warme Milieu ausstrahlte, dass es jedesmal Geschrei gab, wenn mich unsere »Mahnke« nach Hause holte.

Helene Mahnke, von uns nur »Mahnke« genannt, war unsere Köchin. Als Tochter eines Bahnbeamten und einer Tänzerin in Bünde, einer nahen Kleinstadt, geboren, hatte sie in einem guten Bielefelder Hotel kochen gelernt. Dazu war sie als Weißnäherin und Kinderpflegerin ausgebildet und damit gut vorbereitet für den Dienst in »besseren Häusern«. Nach damaligem Verständnis war dies eine besondere Ehre und der Stolz eines jeden Bediensteten, identifizierte er doch seinen mit dem gesellschaftlichen Status der »Herrschaft«. So hatte Mahnke als junges Mädchen schon vor dem Ersten Weltkrieg in einer Bremer Patrizierfamilie angefangen. Fünf Goldmark, die sie monatlich verdiente, galten als guter Lohn. Danach war sie Köchin bei einem Düsseldorfer Oberbürgermeister. Für Herrenessen habe sie dort auch Fasane zubereitet, erzählte sie stolz. Als sie zu uns kam, war ich vier. Sie war meinem Bruder und mir eine »zweite« Mutter. Mit Unterbrechungen diente sie uns – am Ende meinem Mann und mir – bis zu ihrem Tod. Sie gehörte dazu, war Teil der Familie.

Wenn es in Kirchlengern auch in erster Linie um die Zigarillo-Fabrik als Erwerbsquelle ging, so gab es daneben viel Landwirtschaft. Der Ort lag – heute sieht es da ganz anders aus – inmitten weiter Felder, saftiger Wiesen, aus denen die typischen Fachwerkhäuser der Bauern schwarzweiß leuchteten. Wälder und Hügel durchziehen das satte Land. Die Else ist ein schmaler Fluss, der Kirchlengern von Südlengern trennt.

Die Menschen sind schwerblütig und treu, wenn es gelingt, die spröde Scheu, den Schutzwall der Verletzlichkeit, zu durchbrechen.

Vom Wohlstand weniger begünstigt waren die Arbeiter. Das galt nicht nur für die der Heinecke'schen Fabrik. Die Löhne der zahlreichen Industriebetriebe im weiten Umkreis dieser Region waren ärmlich.

Gustav Heinecke versuchte zu helfen. Es entstanden kleine Häuser mit Gärten. Den Frauen wurden Leim, Tabak und Deckblätter zur Heimarbeit geliefert. Mit ihr erwarben sie sich ein Zubrot, wenn sie an speziellen Tischen Zigarren und Zigarillos drehten. Trotzdem reichte es kaum.

So manches Neugeborene wurde in eine Zigarrenkiste gelegt. Wiegen waren teuer. So manche Geburt fand auf dem Küchentisch statt, die blinzelnde Lampe aus Sparsamkeit zurückgedreht, sehr zum Ärger meines Vaters, wenn er zu Hausentbindungen gerufen worden war. Wo er Not sah, schrieb er keine Rechnung. So manche Puppe schenkten meine Eltern überraschten Kindern. Sie hatten von solchen Wünschen erfahren, wenn Mütter im Sprechzimmer in Narkose lagen.

Das Leben eines Landarztes war schwer, von großer Verantwortung getragen. Anders als heute war er immer da, wenn man ihn brauchte, rund um die Uhr, auch am Wochenende, Tag und Nacht. Er kannte jede Familie von innen und von außen, jeden Dorfbewohner vom ersten Schrei bis zur Bahre, mehrere Generationen nacheinander. Nicht selten war er Beichtvater und Schlichter, wenn es Probleme gab.

Von acht bis 14 Uhr dauerte die Sprechstunde. Nach einem späten Mittagessen machte mein Vater Hausbesuche. Mehrmals in der Woche schellte die Nachtglocke. Dann fuhr er in den frühen zwanziger Jahren mit einem dreirädrigen Gebilde, das einem Motorrad ähnelte, durch die Dunkelheit, bei jedem Wetter. In schlechten Jahreszeiten ging es über schlammige Wege und Felder. Die Straßen waren noch nicht asphaltiert. Im Sommer waren sie staubig. Köchin Mahnke begleitete ihn. Sie stand auf dem Trittbrett des Gefährtes und hielt die Laterne. Bei der Behandlung half sie, ersetzte eine Krankenschwester. Dankbar wurden nach getaner Arbeit gegen Morgen Brot, Butter, Schinken und die berühmte westfälische Wurst aufgetischt, den Schnaps nicht zu vergessen. Die Nacht war um, mein Vater müde. Trotzdem begann die Sprechstunde um acht.

Die Honoratioren von Kirchlengern, das waren der Fabrikant, der Bürgermeister und die beiden Gutsbesitzer mit ihren Familien, hatten in der evangelischen Kirche – man ist in dieser Gegend protestantisch – eigenes Gestühl mit Namensschildern. Bis weit in die vierziger Jahre ließen sich die Familien v. Borries und v. Laer von ihren unweit gelegenen Besitzungen in Südlengern mit der Kutsche, den mit weißen Handschuhen und Livrée versehenen Diener auf dem Bock, zum Gottesdienst fahren. Anschließend machte man gegenseitig Besuch zu einem selbst gebrauten Gläschen Likör.

Der Arzt gehörte dazu. So kam man auch zu uns. Stubenmädchen Erna bediente. Es gehörte sich, Personal zu haben, war Standessymbol. Die Auswahl war groß, die Löhne waren schlecht, nicht nur in der Industrie. Immer wieder wurde meiner Mutter nahe gelegt, nicht zu viel zu zahlen, sie nicht zu verderben. Bei uns bekam Köchin Mahnke siebzig Reichsmark pro Monat, Stubenmädchen Erna ganze fünfzig. Gärtner und Chauffeur verdienten ähnlich.

Um sieben Uhr in der Früh begann der Arbeitstag für Mahnke und Erna. Ihre Aufgaben waren streng getrennt. In der Rangordnung der Dienstboten stand die Köchin über dem Stubenmädchen. Daran wurde festgehalten. So – um ein Beispiel zu geben – hob keineswegs Mahnke selber die Kartoffelschalen auf, die ihr auf den Boden gefallen waren. Das musste Erna tun. Ähnlich war es mit dem Abspülen nach Tisch und der Bedienung während der Mahlzeiten. Die Köchin kochte. Erna bediente und wusch ab. Serviert wurde im schwarzen Rock, weißer Bluse, kurzem weißen Schürzchen, ein ebensolches Häubchen im Haar.

Am »Lichtweibchen«, einer aus Holz geschnitzten Nixe, die über unserem Esstisch hing, war eine Klingel angebracht. Sie wurde jedes Mal dann betätigt, wenn abgeräumt oder ein neuer Gang serviert werden sollte. Die warmen Teller wurden von links gereicht, die dampfenden Schüsseln auf den Tisch gestellt. Meine Mutter nahm sich zuerst, dann mein Vater, die Kinder zuletzt. War aufgegessen, bot meine Mutter ein zweites Mal an.

Mein Vater diskutierte gerne bei Tisch mit uns über aktuelle Themen. Dabei hatten wir Kinder die gleichen Rechte, unsere Meinung zu äußern, wie die Erwachsenen. Das war damals nicht allgemein üblich. Ich erinnere mich, dass ich, als ich wieder einmal ganz und gar anderer Ansicht war als meine Eltern, dem lautstark Ausdruck gab, sehr zum Missfallen meiner Großmutter. Schließlich konnte sie nicht mehr an sich halten: »Das Kind sollte wirklich eine Ohrfeige bekommen«, brach es aus ihr heraus. Ich war neunzehn und Studentin im zweiten Semester Betriebswirtschaft. Der Stuhl fiel um, als ich heftig aufsprang und wütend die Glastür zum Wintergarten zuschlug. Mein Vater, als er mir meinen Kompott-Teller nachtrug: »Du hast ja Recht. Großmutter hätte das nicht sagen dürfen. Aber wie kann man so reagieren? Das steht Dir doch gar nicht.« Die Großmutter sagte zwar nie wieder etwas. Aber gepasst hat ihr das nicht. Kinder hatten bei Tisch weitgehend zu schweigen.

Gekocht wurde auf einem Kohleherd, nachgegart und warm gehalten in der Kochkiste, mit Stroh ausgekleidet. Gebügelt wurde noch nicht mit Strom. Ich erinnere mich an schwere Ungetüme, deren Bolzen abwechselnd auf dem Herd erhitzt und ausgetauscht wurden.

Die Waschküche dampfte, der Boden troff, wenn in großen Holzkübeln mit einem unhandlichen Klöppel die Wäsche in heißem Seifenwasser umgerührt wurde, danach auf dem Waschbrett gerubbelt. Die Mädchen hatten grobe Holzschuhe an den Füßen, um nicht nass zu werden.

Dienstleistungen der Händler, heute würde man »Service« sagen, waren selbstverständlich. Eisschränke gab es noch nicht. Das Eis wurde regelmäßig in Stücken geliefert und zur Kühlung in Bottiche gefüllt. Um sieben Uhr in der Früh brachte der Bäckerjunge die Brötchen, der Milchmann die Milch. Das von der Köchin beim

Metzger bestellte Fleisch wurde bei der Lieferung ins Haus sorgfältig auf seine Qualität geprüft. Genügte sie der strengen Kontrolle der Köchin nicht, wurde es umgehend ausgetauscht und erneut so zeitig gebracht, dass es zum Mittagessen serviert werden konnte. Die Metzger hofierten die Köchin ebenso wie die Kolonialwarenhändler, wie die »Tante-Emma-Läden« damals hießen. Sie beteiligten sie mit Rabatten oder Prozenten am Umsatz, bestimmte doch sie den Speisezettel und damit auch den Einkauf. Meine Mutter gab ihr freie Hand, kümmerte sich nicht darum. Ich höre sie noch fragen: »Fräulein Mahnke, was gibt es heute zum Essen?«

Die Arbeitszeit von Mahnke und Erna war nicht befristet. Beide waren immer da, von morgens bis spät abends, wenn wir zu Bett gingen. Mein Bruder und ich genossen es, wenn Mahnke uns am Samstagabend badete und – einen nach dem anderen – auf ihren Armen in unsere Betten trug. Danach brachte sie jedem ein Tablett, auf dem eine Tasse Kakao und ein Brötchen vorbereitet waren, eine Hälfte mit westfälischer Cervelatwurst belegt, die andere mit Käse. Dazu ein Betthupferl für danach. Meine Mutter sah es nicht gerne, wenn sie uns Süßigkeiten zusteckte. Mahnke aber ließ sich nicht daran hindern und meinte, es gehe unsere Mutter nichts an, was sie für »*ihre* Kinder« tue, solange sie es selber bezahle. Sie hatte ihren eigenen Kopf und konnte recht unangenehm werden, wenn ihr etwas nicht passte.

Wir Kinder spielten begeistert Theater. Dazu wurde mit giftiger Wasserfarbe geschminkt, zum Entsetzen meines Vaters, die Pflanzen aus dem Wintergarten als Kulisse in den Salon gebracht, frisch gebügelte Bettlaken aus dem Wäscheschrank herausgerissen. Sie sollten als Vorhang dienen, solange die beiden gläsernen Flügeltüren, die Esszimmer und Salon verbanden, während der Vorbereitung geschlossen blieben. Wir probten Stunden. Die Vorführung dauerte fünf Minuten. Unsere Eltern hatten im Esszimmer Platz genommen und ließen alles geduldig über sich ergehen. Mahnke räumte hinterher gelassen und schmunzelnd wieder auf.

Zu dieser Zeit hatten die Grammophone große Schalltüten, das Radio wurde neben der Zeitung bald zum Hauptmedium. Man trug lange Taillen, die meiner Mutter, die groß und schlank war, so gut standen, kurze Röcke und Seidenstrümpfe. Die aus Nylon gab es noch nicht. Man tanzte Foxtrott, Walzer, auch den langsamen, und den erotischen Tango mit den langen Schritten, wer mutig genug war auch »cheek to cheek«.

Die Frauen zu dieser Zeit und auch schon die in den Generationen zuvor, die zu jenen Schichten zählten, die sich Personal leisten konnten – das waren damals wesentlich mehr als heute angesichts der niedrigen Löhne –, hielten sich mit Hausarbeit und Kinderpflege zurück. Zwar widmeten sie sich ihrem Nachwuchs immer dann, wenn es um Benehmen und Kultur ging, weniger aber, wo es sich um die Befriedigung von Grundbedürfnissen des Alltags handelte. In der Oberschicht gab es Nurses, Erzieherinnen, im Mittelstand Kindermädchen und anderes Personal. Auch Internate wurden – durchaus nicht ungern – besucht, wenn man sie sich für seine Kinder leisten konnte.

Arbeiterfrauen ging es weniger gut. Es war keine Seltenheit, dass sie auch dann noch »Arbeiten-Gehen« mussten, wenn sie viele Kinder hatten und als Putzfrau oder in den Fabriken die knappen Löhne ihrer Männer aufbesserten. Immer wieder habe ich beobachtet, wie aus solchen Kindern – gegen alle Einsprüche – erfolgreiche und zufriedene Menschen geworden sind.

Jene Frauen, die es besser hatten, erfüllten fest gefügte Aufgaben: Haushaltsführung mit Personal, Handarbeit, Literatur, Musik, soziale Belange, Geselligkeit und Ähnliches. Beruflich außer Haus zu arbeiten war in der Generation meiner Mutter noch kaum üblich, von gewissen Ausnahmen abgesehen. Es war noch nicht lange her, dass Frauen das Abitur machen und studieren konnten. Gehörten sie jedoch schon zu ihnen – so war es auch zu meiner Zeit –, so gebot es die Tradition noch, sich in der Ehe hinter den Mann zurückzustellen, die Berufstätigkeit aufzugeben, seinen Status nach außen hin zu wahren. War es doch sein Stolz, die Familie allein ernähren zu können. »Hausmänner« gab es noch nicht. Von den vierzehn Schülerinnen, die wir waren, als wir das Abitur 1940 machten, haben zwar schon zwölf studiert und auch Examina abgelegt. Als sie heirateten, war es aber mit dem Beruf aus.

Nur zwei, eine Freundin und ich, blieben auch während der Ehe berufstätig. Rosemarie, hoch begabte Musikerin, begnadete Pianistin und Cellistin, studierte Musik mit glänzendem Abschluss, heiratete, bekam fünf Kinder und blieb trotzdem leitende Rundfunkredakteurin in Hamburg für internationale Volksmusik. Bei mir war es anders. Doch das erzähle ich noch.

Die Familie war alles für eine Frau, das Leben schlechthin, unverheiratet zu sein Kummer, ihr gesellschaftlicher Status der des

Mannes. Kinder waren Segen und Bestimmung, keine zu haben Versagen. Falls sich doch einmal eine Ehefrau dazu entschloss, außer Haus zu arbeiten, so brauchte sie dazu die Erlaubnis ihres Mannes. Es war nicht eben selten, dass er sie verweigerte. Pekuniär war die Frau abhängig. Er teilte ihr das Haushaltsgeld zu, dessen Ausgaben sie in Haushaltsbücher einzutragen und ihm vorzulegen hatte. Ihre Konten – sofern sie überhaupt eigene haben durfte – wurden, von Ausnahmen abgesehen, von ihm verwaltet.

Ein Mädchen hatte »unberührt« in die Ehe zu gehen. Voreheliche Beziehungen, wie sie heute selbstverständlich sind, hätten sie zur »Dirne« gestempelt. Ein uneheliches Kind zu bekommen war eine Schande. Es musste geheiratet werden, sofern er sie noch nahm, nachdem es passiert war. Anfang der dreißiger Jahre verlangte Pastor Erdmann von meinem Vater, er möge zusammen mit der Hebamme Bräute – man verlobte sich noch – auf ihre »Unberührtheit« hin untersuchen. Davon wollte der Pastor es abhängig machen, ob er sie in der Kirche mit offenem oder geschlossenem Kranz trauen würde. Empört lehnte mein Vater dieses Ansinnen ab. Seitdem waren die Beziehungen zum Pfarrhaus getrübt.

Verweigerte sich eine Ehefrau oder leistete sie sich einen »Seitensprung«, so konnte das die Scheidung bedeuten und damit den gesellschaftlichen und materiellen Ruin. Bei Männern wurden »Kavaliersdelikte« weniger hart beurteilt. Nur Scheidenlassen durften sie sich nicht, wollten sie keine gesellschaftlichen und beruflichen Schwierigkeiten haben. Aber sonst durften sie – auch in der Ehe – eigentlich weiterhin alles, bestimmten ihr Leben und das ihrer Angehörigen als »Familienoberhaupt«. Die doppelte Moral war tabu, ebenso der Sex. Bestenfalls wurden darüber Witze unter Männern am Stammtisch gemacht. Mädchen durften nicht vorzeitig wach werden. Das hätte die Heiratschancen belastet. Sie aber waren lebensentscheidend. So wurde geschwiegen, aus diesem sehr menschlichen Thema ein Geheimnis gemacht.

Meine Freundin Atti, die Beste in der Oberprima, flüsterte mir ein halbes Jahr vor unserem Abitur ins Ohr: »Jetzt weiß ich, woher die Kinder kommen. Meine Mutter hat es mir erzählt. Durch einen Kuss.« Sie blieb dabei, glaubte fest daran. Das war 1939. Sie war achtzehn.

Einige Jahre später meine Freundin Herta, die als selbständige Akademikerin freizügiger als üblich lebte: »Wenn ein Mann ›danach‹ sich mir gegenüber vor Dritten auf dem Parkett die geringste

Vertraulichkeit oder sogar das ›Du‹ erlauben würde, ich glaube, ich brächte ihn um.« Es durfte, wenn es geschah, niemand wissen.

Das alles liegt nur einige Jahrzehnte zurück. Angesichts der heute üblichen Promiskuität kaum zu glauben.

Auch ich musste mich den strengen Moralgesetzen beugen, denen meiner Mutter. Mein Vater war nicht prüde. Die Pille aber gab es noch nicht. So forderte schon das Risiko Vernunft und Zurückhaltung. Zurückblickend muss ich sagen: Es war nicht so schwer, sie zu wahren. Wir haben nicht viel entbehrt. Trat doch an die Stelle des Direkten sehr viel Zarteres, das heute wohl so manchem jungen Menschen entgehen mag. Und der Flirt war auch nicht schlecht.

Elemer von Gyöngyössy leitete mit seiner Frau eine der beiden Tanzschulen Herfords, in einer Villa am Grüngürtel. Herford liegt zwölf Kilometer von Kirchlengern entfernt. Seit 1936 besuchte ich dort die Oberschule für Mädchen. In diesem Jahr – ich war gerade vierzehn geworden – durfte ich zum ersten Mal die Tanzstunde besuchen, ein zweites Mal das Jahr darauf.

Die Lektionen bestanden aus Tanz- und Anstandsunterricht. Wir Mädchen, an der Wand aufgereiht wie die Perlen einer Kette, warteten gespannt auf unsere Partner, Oberschüler der Sekunda oder Prima, die uns gegenübersaßen. Beim ersten Ton der Musik sprangen die jungen Herren auf, glitten über das Parkett und verbeugten sich vor ihrer Auserwählten. Darauf hatten die Mädchen zu warten, passiv zu bleiben. Nicht immer war es der ersehnte Kavalier, umso weniger, wenn er beim Tanzen heftig auf die Füße trat.

Zum Mittelball, so genannt, weil er in der Halbzeit zwischen Anfang und Ende des Kurses stattfand, wartete zu Hause jedes Mädchen gespannt darauf, wer mit einem Blumenstrauß bei ihr und ihren Eltern Besuch machen würde, um darum zu bitten, dass sie beim Ball seine Dame sein möge.»Nein-sagen« konnte man nicht, ohne zu verletzen. So kam die Wahl der jungen Herren für die Mädchen der Ziehung einer Lotto-Zahl gleich.

Das erste Ballkleid wurde genäht, bis zum Ereignis ein gut gewahrtes Geheimnis. Ging es doch schon in diesem Lebensalter – mehr oder weniger bewusst – um die Konkurrenz im Ankommen beim anderen Geschlecht, unausweichliche Begleiterscheinung einer Gesellschaftsordnung, die den weiblichen Lebenserfolg weitgehend von der Ehe abhängig machte.

Meine Mutter war Hobby-Schneiderin. So wählte sie für mein Kleid weißen Organdy, einen durchsichtigen Stoff, dem Tüll ähnlich, nur steifer. Oberteil anliegend, der Rock war ausgestellt, lang, Puffärmel, viereckiger Ausschnitt. Die Taille wurde zusammengehalten von einem gelben Samtband mit einer Schleife im Rücken gebunden, das Unterkleid aus gelber Seide, am Ausschnitt eine gelbe Rose.

Zum Ball kamen die Eltern, auf alle Fälle die Mütter. Sie saßen etwas abseits und beobachteten mit Wohlbehagen die ersten gesellschaftlichen Schritte ihrer Sprösslinge.

Gerd war immer zur Stelle, wenn ich einen Kavalier brauchte. Er war – im Zugabteil zwischen Kirchlengern und Herford traf man sich nahezu täglich, er stieg im nahen Schweicheln ein, wo sein Vater eine Möbelfabrik besaß – ein älterer Freund meines um drei Jahre jüngeren Bruders. Auch in der Tanzstunde konnte ich mich stets auf ihn verlassen. Nicht selten war er Dritter, wenn ich mit einer neuen »Flamme« »ging«.

So war er auch bei meinem ersten Mittelball mein Tischherr und Partner bei der Polonaise, mit der eröffnet wurde. Sie war genau so, wie man sie heute noch auf dem Bildschirm sieht, wenn der Wiener Opernball übertragen wird. Die dazu erforderlichen Weisungen gab in französischer Sprache Elemer von Gyöngyössy, klein und drahtig. Er sah in seinem Smoking und seiner Haltung aus wie ein Kavallerieoffizier, der er in Ungarn vielleicht auch einmal gewesen sein mag.

Hatte man die Tanzstunde hinter sich, durfte man auf den »Bummel«. Das war eine Straße der Herforder Innenstadt, auf der nachmittags zwischen 16 und 17 Uhr die Oberschüler und Oberschülerinnen, von der Sekunda bis zur Prima, flanierten. Auch hier blieben die Mädchen passiv und warteten gespannt darauf, wer von den Knaben sie grüßte. Je begehrter er war, umso größer das Selbstwertgefühl jener jungen Dame, die den Vorzug hatte, von ihm gegrüßt zu werden. Es war nicht auszuschließen, dass sie vor Aufregung »rot« wurde. Das Herz schlug bis zum Hals, wenn er auch noch in die Eisdiele oder sogar zum sonntäglichen »Fünf-Uhr-Tee« mit Tanz einlud, den ein Herforder Hotel und das Kurhaus im nahen Bad Salzuflen veranstalteten. Tat er das – und alle auf dem »Bummel« hatten es gesehen – »ging« man mit ihm. Man ging wirklich nur. Mit weiter gehenden Wünschen Töchter aus »gutem Haus«, wie es hieß, auch nur andeutungsweise zu behelligen, wäre undenkbar gewesen. Schon ein Kuss galt als Ereignis, nach der strengen Erziehung meiner Mutter gar als »Übergriff«.

Als ich in dieser Zeit wieder einmal heftig verliebt war, sagte sie mir, bevor ich zum alljährlichen »Kolonialball« ging, zu dem ich von »ihm« eingeladen worden war: »Wenn du Dich küssen lässt, verstehe ich Dich nicht mehr.« Es passierte nichts. Nur eng umschlungen wanderten wir in der lauen Mainacht durch den Park.

Meine Fantasie aber gehörte mir allein. Mit ihr sprengte ich die engen moralischen und provinziellen Grenzen, unbewusst noch, doch schon wissend, dass ich in die Weite und nach oben wollte. Als gebe es Vorahnungen, hat sich so manches, von dem ich damals träumte, in meinem späteren Leben verwirklicht, eine Entwicklung, die mein engeres Umfeld als »ungewöhnlich« bezeichnete. Insbesondere, als ich heiratete.

Meine ganze Liebe gehörte dem Kino und den Illusionen damaliger Filme. Schon mit sechs erlaubte mir mein Vater – zum Entsetzen meiner Mutter – alle zu sehen, auch solche, für die ein Jugendverbot bestand. Dann setzte er mich in eine Loge und bestach den Portier mit fünf Mark. Ging in den Pausen das Licht an, schloss sich der Vorhang vor der Loge und niemand sah das Kind. Auch lesen durfte ich alles, sobald ich es konnte und an meinen Vater jede Frage stellen. Die »Filmwelt« bezog ich schon mit vierzehn, bat Viktor de Kowa, damals Held und Liebhaber der Leinwand, meinen Schwarm, um ein Autogramm und erhielt es. Eines Tages kam Viktoria v. Ballasko, eine bekannte Schauspielerin dieser Jahre, nach Herford. Ich musste dabei sein, wenn ihr am Bahnhof Blumen überreicht wurden. So klopfte ich nervös und ungezogen an die Sprechzimmertür meines Vaters, um ihn an die Zeit zu mahnen. Schnell verließ er seine Ordination und »raste«, das waren damals 50 km/h, mit seinem graugrünen Ford – mit Lederpolstern in derselben Farbe ausgestattet – mit mir nach Herford. Wir kamen gerade noch rechtzeitig.

Als ich im Bielefelder Stadttheater eine Ballettaufführung gesehen und gerade zuvor einen prächtigen Bildband über den modernen Ausdruckstanz der Gret Palucca verschlungen hatte, stand es für mich fest: Ich werde Tänzerin. Dazu prüfte – sie war Schauspielerin – die Frau meines Tanzstundenlehrers, Gyöngyössy, meine schauspielerische Begabung. Doch an diesem Punkt hörten die mir großzügig eingeräumten Freiheiten meines Vaters auf: »Sehr gut, aber erst machst du das Abitur!«, wohl wissend, dass es dann für den Tanz zu spät sein würde. Diese Wünsche hätten eher auf der Linie meiner Mutter gelegen, kam sie doch aus einem literarisch-musischen Haus. Ihr Vater, Altphilologe und Schriftsteller, hatte in Hildesheim den »Verein für Kunst und Wissenschaft« ins Leben gerufen und daher häufig Gäste aus aller Welt. Meine Großmutter konnte Griechisch, Latein und Französisch. So schloss sie sich – um ein Beispiel zu nennen – eines Nachmittags in ihr Zimmer ein und übte Französisch, um am Abend mit ihrem französischen Tischherrn fehlerlos parlieren zu können.

Mit achtundzwanzig Jahren hatte sie fünf Kinder geboren und eine Taille, die ich mit sechzehn Jahren nicht mehr aufweisen konnte. Als Maß diente ein aufbewahrter Tüllgürtel, in den Fischbeinstangen eingezogen waren. Großmutter Anna zog nicht nur ihre fünf Kinder auf und arbeitete mit ihnen den Schulstoff durch. Über Jahrzehnte hinweg hatte sie dazu fünf Zöglinge, die auch bei meinen Großeltern wohnten. Preußisch aufgewachsen behielt sie bis ins hohe Alter ihre gerade Körperhaltung. Zum siebzigsten Geburtstag meiner Mutter, der 1962 in unserem Kölner Haus gefeiert wurde, holte sie mein Bruder aus Hildesheim ab. Unterwegs musste auf der Autobahn ein Reifen gewechselt werden. Meine Großmutter, die damals schon sechsundneunzig Jahre alt war, stieg aus und warnte im Dezembernieselregen winkend die Autofahrer. Die Folge: eine schwere Erkältung. Der Arzt war verzweifelt und wusste nicht weiter, als er feststellte, sie habe ein »versteinertes Herz«. Heißer Rotwein mit Ei und viel Schlaf brachten ihr Gesundheit. Am festlichen Abend saß sie kerzengerade auf dem Sofa und machte »artige Konversation«. Großmutter Anna wurde – geistig und körperlich vollkommen gesund – einhundertundeins. Zu ihrem einhundertsten Geburtstag, 1966, schrieb mein Mann Stefan ihr eine Laudatio, die so hübsch ist, dass ich daraus zitieren möchte:

Mir sei es erlaubt, Dich im Rahmen des Zeitgeschehens zu sehen. Ein Phänomen, dem es vom Schicksal aufgegeben wurde, ein wechselvolles Jahrhundert, angefüllt mit Glanz und Elend wie kein zweites in der Geschichte Europas, zu durchleben. Geboren bist Du zwischen den Düppeler Schanzen und Königsgrätz. In einem Jahr also, in dem der militante Nationalismus Atem holte, um sechs Jahre später »siegreich Frankreich zu schlagen«. Die Reichsgründung, unter nationalstaatlichem Vorzeichen vollzogen, brachte die längste Epoche des Friedens, die Europa je erlebt hat. An ihrer Schwelle standest Du als kleines Schulmädchen vor einem flammenden Eisernen Kreuz in Hannover, und Dein Vater sprach von einem denkwürdigen Tag und dem Anbruch einer neuen Epoche.

In der Tat entfaltete sich in den darauf folgenden sechsundvierzig Jahren ein ungeahnter Wohlstand. Er barg aber schwer wiegende Fehler. Nicht nur, dass dieser Wohlstand sich allzu ungleichmäßig verteilte, wodurch die ohnedies vorhandenen sozialen Spannungen weiter wachsen mussten. Der plötzliche Wohlstand ließ auch

Großmutter Anna, 1966, 100 Jahre alt

die Tugend der Kargheit in Vergessenheit geraten. Das nationale Glück über das geeinte Reich entartete nur allzu rasch in nationale Überheblichkeit. Statt Selbstdisziplin begann sich Maßlosigkeit in der Politik breit zu machen. Bismarck – genau fünfzig Jahre älter als Du – sah das Unglück voraus, als er das Staatsruder abgeben musste. Erschüttert von der politischen Verblendung, die er anlässlich des letzten Besuches unseres Kaisers im Herbst 1897 in »Friedrichsruh« an seinem obersten Kriegsherren erkennen musste, prophezeite der Kanzler, dass für das von ihm geschaffene Reich zwanzig Jahre später der »große Krach« kommen würde. Er hat sich nur um ein Jahr geirrt: Einundzwanzig Jahre später erhielt Bismarcks Reich jenen ersten fürchterlichen Stoß, von dem es sich niemals mehr erholen sollte.

Und nochmals einundzwanzig Jahre darauf reifte die giftige Frucht einer noch ungleich verheerenderen nationalen Ausschweifung. Was dann nach 1945 kam, das war keine Niederlage mehr – es war der Zusammenbruch.

Trotz allem ist Zuversicht am Platze. Nicht zuletzt deshalb, weil sich in einem großen Teil unserer Jugend ein europäisches Gefühl der Zusammengehörigkeit abzeichnet. Es begann schon 1918, als Paneuropa zu keimen begann, um dann allerdings bald zu ersticken. Immerhin erfüllten diese ersten Ansätze eines zu einigenden Europas auch Dich mit Hoffnung, weil Du historisch weit blickend zu denken gelernt hattest.

Du selbst bist im Geiste des Humanismus großgeworden. Viele Jahre Deiner Kindheit hast Du in Italien verbracht. Dein ganzes Leben war von humanistischen Idealen getragen; sei es, dass Du sie als Erzieherin Deiner eigenen und noch einer Schar fremder Kinder weiter reichtest, sei es, dass Du Dich bei Deinen eigenen literarischen Interessen an ihnen zu orientieren wusstest. Als Frau eines Historikers, Schriftstellers und Theaterkritikers, hattest Du mehr Möglichkeiten, Dich diesen Interessen zu widmen, als andere Frauen Deiner Generation: Theaterreisen nach Berlin, Dein Mitwirken im »Verein für Kunst und Wissenschaft«, waren einige der vielfältigen Gelegenheiten, die sich boten. Dies alles war für ein Frauenleben in jenen Jahren durchaus nichts Alltägliches.

Ein Leben also, dessen Bogen sich von der Zeit der Segelschiffe bis in die Ära der Weltraumfahrt spannt, ist vielfältig und lang. Dass Du es nicht nur leben, sondern auch erleben konntest, dankst Du einem gnädigen Schicksal. Es hat Dir eine erstaunliche geistige und körperliche Spannkraft gegeben, bis zum heutigen Tag.

Möge beides Dir noch viele Jahre zu unser aller Freude erhalten bleiben.

Mein Vater hatte ganz andere Vorstellungen von meinem künftigen Leben als meine Mutter. In damaliger Zeit dominierte noch die Meinung des »Familien-Oberhauptes«. Als meine Mutter vorschlug, ich solle nach dem Abitur auf die »Lette-Schule« in Berlin gehen, einer noblen Anstalt für »höhere Töchter«, die auch gesellschaftliche Begegnungen mit jungen Offizieren und Diplomaten vermittelte, aus denen so manche Ehe hervorgegangen ist, lehnten mein Vater und ich entschieden ab.

Für ihn war es selbstverständlich – gleichgültig ob Tochter oder Sohn –, Schule und Studium erfolgreich in der Regelzeit mit guten Noten sowie Respekt vor Lehrern und Professoren abzuschließen. Ebenso selbstverständlich war es, den »Doktor« zu machen. Der »Professor« war anzustreben. Ich machte den Doktor, mein Bruder wurde Professor der Chemie.

Die unterschiedlichen Auffassungen meiner Eltern spiegelten sich schon in der Beurteilung unserer Zeugnisse. Stand darin eine Rüge über das Verhalten, aber gute Noten, gab es für uns von unserem Vater jeweils fünf Mark. Das Benehmen war ihm unwichtig. Bei meiner Mutter war es umgekehrt.

Er machte mich – was die Kleidung anbetrifft – eitel. Meine Mutter hielt auf Zurückhaltung, auch in dieser Hinsicht. Mein Vater wollte für mich Leistung und Vergnügen, meine Mutter bescheidene Einordnung mit Nachsicht in der Pflicht. Mein Vater siegte, wie nicht anders zu erwarten.

»Amüsiere Dich gut, verliebe Dich oft, aber komme mit einem anständigen Examen nach Hause. Das ist das Einzige, was zählt!«, gab er mir mit auf meinen Weg zum Studium. Damit war er seiner Zeit voraus und bestimmte für mich so manches, was für eine Frau dieser Generation nicht unbedingt üblich war. Er legte den Grundstein für ein hartes, buntes, prallvoll-schönes Leben. Ich habe viel in diesen, meinen späteren Jahren gerätselt, warum? Mag sein, dass er als Landarzt in den Familien so manches Frauenleben gesehen hat, das er seiner Tochter glaubte, ersparen zu sollen. Er wollte, dass sie gefalle, aber auch sich wehren könne. Dazu brauchte es eine gute Bildung, die frei macht. Mit ihr waren dann allerdings auch die elterlichen Verpflichtungen erfüllt. Sein Leben – so war seine Auffassung – hatte jeder für sich zu bestimmen und zu verantworten. Vom Vererben hielt er deshalb auch nicht viel.

Die mir vermittelte Disziplin hat mitgeholfen, unseren späteren familiären Lebensweg, der – wie so viele andere in diesen schweren Nachkriegs- und Aufbaujahren ab 1945 – zeitweise aussichtslos schien, zum Guten zu wenden.

Im Bildungsbürgertum hatte man es mit Muse und Wissenschaft, weniger mit Politik und Wirtschaft, Frauen schon gar nicht. In meinem Elternhaus ging es – wie häufig bei Ärzten – um Musik, bei uns vor allem um Kammermusik.

Mein Vater, in Münster in Westfalen 1891 geboren, wurde mit sieben Jahren Halbwaise. Seine Mutter heiratete ein zweites Mal. Das passte seiner Verwandtschaft nicht, umso weniger, weil er vermögend war. Als die Richterin ihn fragte, ob er bei seiner Mutter bleiben oder in das komfortable Patrizierhaus seines Onkels – er war in Minden Privatbankier – ziehen wolle, entschied er sich spontan für Letzteres und wählte damit die Weite. Onkel Hubert und Tante Pauline machten mit ihm und ihrem einzigen Sohn schon damals Reisen in ferne Welten. Er genoss viel Freiheit und Wohlstand. Nur eine Einschränkung musste er hinnehmen. Schon als junger Mann war er leidenschaftlicher Geiger und hätte gerne Musik studiert. Das aber – so meinte man – sei für einen Sohn aus »gutem Hause« nicht passend. So studierte er Medizin, geriet vier Jahre lang als junger Offizier im Ersten Weltkrieg in die Hölle der Schützengräben vor Verdun und heiratete 1920 nach Rückkehr und Abschluss seiner Studien eine entfernte Kusine, meine Mutter Gertrud.

Mein Vater wurde ein guter Arzt. Seine Liebe galt aber sein Leben lang der Musik. Schon bevor ich auf die Welt kam, bestimmte er – unabhängig vom Geschlecht: »Dieses Kind lernt Cello-Spielen«.

Mit sechs Jahren begann mein Klavierunterricht bei Lehrer Hüing, der als Pianist dem Ensemble meines Vaters angehörte, das auch öffentlich spielte. Er brachte uns seinen begabtesten Schüler: Hans-Werner Henze, heute berühmter Komponist. Damals spielte er unseren Gästen vor, ein Junge in dunklem Anzug und weißem Kragen. Lehrer Hüing wurde später von meinem Vater engagiert, mein Cellospiel auf dem Flügel zu begleiten.

Ich hatte keine Lust, als ich Unterricht beim ersten Cellisten des Bielefelder Stadttheaters mit zehn Jahren bekam. Meine Mutter war unmusikalisch. So hatte ich keinerlei Passion. Da jedoch nach den Cellostunden, die unter der Aufsicht meines Vaters täglich von siebzehn bis achtzehn Uhr zu Hause stattfanden und einmal in der Woche in Bielefeld bei meinem Lehrer, mein geliebtes Kino winkte, fügte ich mich. Als Ergebnis dieser Anstrengungen wurde ich in die »erste Garnitur« der Mitspieler meines Vaters übernonmmen, als ich dreizehn war. Um es vorweg zu nehmen. Nach dem Krieg, als wir weder Geld noch passendes Wohnen hatten – wir, das sind mein Mann und ich –, habe ich nicht mehr Cello gespielt trotz mancher Erfolge. Kammermusik konnte ich jahrzehntelang nicht mehr hören.

Unser Haus war als musikalischer Mittelpunkt bekannt. So war es nicht verwunderlich, wenn so mancher mitmachen wollte. Ganz einfach war das aber nicht. Die zu überwindende Schwelle war das Sprechzimmer, die Ordination. Hier prüfte mein Vater streng, ob das Niveau reichte. Erst dann war der Weg frei in den Musik-Salon. In ihm war eine Wand bis unter die Decke mit Noten gefüllt, mit Laschen so versehen, dass man mit einem Griff das Gewünschte herausziehen konnte. Gewünscht für die »Blütenlese«, wie es mein Vater nannte, wenn von jeder Komposition nur *ein* Satz vom Blatt zu spielen war, ein- bis zweimal je Woche vor Gästen. Ein dritter Abend fand im Hause eines der Mitspieler statt, sei es in Bünde, in Herford oder auch in Bielefeld. Es waren Herren mit ganz anderen Berufen: Fabrikanten, Ärzte, Richter, eben solche, die ihre Musikalität ernst nahmen und konzertreif spielten. Darunter auch Frau von Borries am Cello, Gutsbesitzerin aus Südlengern.

Man fing an etwa mit Bach – sei es Trio, Quartett oder Quintett – Händel, Mozart, jeweils ein Satz – vom Blatt. Nach einer kurzen geselligen Pause ging es weiter, z.b. mit Schubert, Schumann, Dvořak, bis zu Rachmaninow, Richard Strauss, sogar bis zu Sutermeister. Gegen Mitternacht war Schluss. Wenn ich, was selten vorkam, so gegen zehn Uhr abends müde wurde – ich war um sechs Uhr aufgestanden – spürte ich sanft, aber deutlich den Geigenbogen meines Vaters in der Nähe meine Schienbeines.

Nach einer solchen Vorbereitung war es nahezu selbstverständlich, dass ich 1940, als ich auf der »Königin-Mathilden-Mädchen-Oberschule« in Herford das Abitur machte, mit Wahlfach Musik, das Cellokonzert von Haydn – mit allen Kadenzen – auswendig spielte und eine »Eins« bekam. Der Zufall wollte es, dass in unserer Klasse mehrere solcher Begabungen waren. Die »Mondscheinsonate« wurde gespielt, die »Forelle« gesungen, ein Klaviertrio intoniert. Es war ein sonniger Frühlingstag. Die Fenster der Aula standen weit offen. Auf der Straße blieben Menschen stehen, um sich das Konzert anzuhören.

Die Bach'schen Solosonaten in der für Cello arrangierten Fassung zu spielen wurde mir nicht erlaubt. Dazu sei ich nicht reif, meinte mein Vater. Erst während der Studien bei meiner unvergessenen Frankfurter Lehrerin, Ilse Bernatz, einer begnadeten Künstlerin, die den berühmten Cellisten Hölscher vertrat und am ersten Cello des Frankfurter Rundfunks saß, begann ich diese Musik zu erfassen. In den Semesterferien ließ mein Vater sie mich vorspielen. Als ich zu Ende war, kam er nach stillen Minuten aus dem Dunkel in das Licht meines Pultes, Tränen rannen aus seinen Augen: »Dass meine Tochter mir das *soo* spielt? Du kannst ja was.« Ich sollte Musik studieren, wollte aber nicht. Doch die Abende bei Cilla Geiss, einer Pianistin, Lehrerin am Frankfurter Hoch'schen Konservatorium, die in ihre schöne Wohnung – es war längst Krieg, die Fenster als Schutz vor den Bombenangriffen verdunkelt – an der Bockenheimer Landstraße junge Künstler, Musiker, Schauspieler und Tänzer einlud, bleiben plastisch in Erinnerung. Auch sie prüfte zuvor. »Bei der Fermate sehen wir uns wieder«, kündigte sie an, als sie uns Brahms' Klavierquartett vorlegte. Auch bei ihr war vom Blatt zu spielen.

Unvergessen die Serenaden-Konzerte im grünen Hof des Karmeliterklosters, in denen ich mit dem ersten Cellisten der Unterhaltungsmusik des Frankfurter Rundfunks am ersten Pult saß. Die Trauerweiden waren in den warmen Sommerabenden unsere Kulisse. Vor den Fenstern im Dachgeschoss des Klosters blühten rote Geranien. Es dirigierte Rudolf Alberth, der auch hier in München als Komponist und in der Philharmonie bekannt war. Vor wenigen Jahren ist er in seinem Haus an der Dachauer Straße gestorben. Nach dem Konzert genossen wir die südliche Nacht bei Sekt, Musik und Tanz auf einem Mainschiff.

Viel später gehörte ich in Minden dem städtischen Orchester an und erinnere mich an den Albtraum, den wir sieben Cellisten durchzustehen hatten, wenn es um das saubere Unisono in der »Unvollendeten« von Schubert ging.

Während meiner Kinderjahre führten uns lange Spaziergänge in die Umgebung. Wir wanderten »über den Berg« nach Herford oder nach Lübbecke. Pilze wurden gesucht und bestimmt, Vögel an Flussläufen beobachtet. Das bedeutete nicht selten, Wiesen zu überqueren, unter Zäunen hindurch zu kriechen. Bei schönem Wetter wurde auch skizziert. Das alles mochte ich nicht. Da mir als Belohnung wiederum ein Kino-Besuch versprochen wurde, machte ich mit. Es gab auch sonntägliche Autofahrten mit Schlossbesichtigungen oder Spaziergängen zum Hermannsdenkmal im Teutoburger Wald, zur Porta Westfalica bei Minden, in das Weserbergland oder in die Heide bei Bielefeld, um nur einige Beispiele zu nennen. Geliebt habe ich die Ausflüge nach

Münster, in die Geburtsstadt meines Vaters, verbunden mit dem Besuch eines der romantischen Ausflugslokale an der Verse, auf der man nach dem Verzehr von »Butter und Brot« mit einem gemieteten Kahn rudern konnte. »Butter und Brot« ist eine für diese Gegend typisch deftige Mahlzeit, bestehend aus einer bauchigen Kanne starken Kaffees, einer Schlage frischer Bauernbutter, dazu flaumiges Rosinenbrot. Nach diesen Genüssen wurde nicht versäumt, das Wasserschloss der Schriftstellerin Freiin v. Droste-Hülshoff zu besuchen, bevor man die Heimfahrt antrat.

Autofahren war in den zwanziger und dreißiger Jahren ein ebensolcher Luxus wie die Reise in die Ferien, daher den wohlhabenderen Kreisen vorbehalten. Das änderte sich erst im »Dritten Reich«, als man »Kraft durch Freude-Reisen für Jedermann«, auch zu Schiff, einführte. Mancher Witz darüber machte die Runde. So soll es Männer gegeben haben, die auf hoher See im Rumpf des Schiffes Karten spielten, statt Luft und Meer an Deck zu genießen. Die Frauen sollen zwar oben gesessen haben, hätten aber gestickt und gestrickt, um sich nicht zu langweilen. Reisen musste erst gelernt werden.

Meine Eltern verreisten ein- bis zweimal im Jahr. Der sechssitzige Ford meines Vaters – mit offenem Verdeck – nahm uns auf: meine Eltern, meinen Bruder und mich, den Hund und Erna. Mahnke lehnte ab. Sie blieb zu Hause. Das Auto wurde voll gestopft mit Utensilien zum Zelten, eine Mode, die damals aus England herüber gekommen war und als sportlich-chic galt. Meine Eltern hatten ein teures Hauszelt gekauft, für sechs Personen, mit Planen, Stangen und »Heringen«. Das sind spezielle Dübel, die beim Aufstellen des Zeltes in den Boden getrieben werden, um die Seile zu festigen. Dazu wurden Luftmatratzen, Schlafsäcke und Proviant eingepackt, wie beispielsweise eine Erbswurst, aus der auf einem Spirituskocher auf grüner Wiese eine deftige Suppe wurde. Gewaschen haben wir die Wäsche und uns selber im Bach. Die Hygiene war schlicht.

Immer ging es in die Alpen – mein Vater war begeisterter Bergsteiger, meine Mutter und ich nicht, mein kleiner Bruder machte geduldig mit –, in die Schweiz, nach Österreich, Oberitalien bis zum Gardasee. Die Bauern, auf deren Wiesen wir zelteten, waren selten begeistert, wenn ihr Gras niedergedrückt wurde. Ein Obulus besänftigte.

Mir gefiel das alles nicht, zumal für Kleider und sonstige persönliche Habe nicht mehr als ein kleiner Rucksack für jeden Platz hatte: ein Rock, zwei Poloblusen, feste Wanderschuhe und etwas Wäsche.

Fast immer gelang es mir, endlich einen Schnupfen zu bekommen. Er verschaffte mir ein Hotelzimmer.

Unser Beispiel war für damalige Reisen nicht unbedingt üblich. Wer es sich leisten konnte, fuhr entweder in einen Kurort oder mit der Familie ans Meer, oder beides. Auch wir waren mit unserer Mutter einige Male in Juist an der Nordsee. Damals noch wenige Häuser, Weite, Stille bis auf das Rauschen des Meeres, Strandkörbe im Sommerwind. Hinter Pensionen trugen Dünen hohe harte Grashalme, die sich in der Brise hin und her wiegten. In ihnen ließ es sich gut spielen. Und nicht zu vergessen, die Kinderfeste, mit Luftballons und Tombola, in der »Gift-Bude«, dem Café am Strand.

Meine schönste Reise in meiner Jugend war die im Spätsommer 1938 nach England. Wenn auch nur vier Wochen, hat sie doch mein Leben nachhaltig geprägt. Da war die Weite, das internationale Flair, nach dem ich mich – unbewusst noch – träumerisch gesehnt hatte. Großmutter Anna, Mutter meiner Mutter, eben diese, die mich bei Tisch gerügt hatte, stammte aus einer Hugenottenfamilie und besaß internationale Beziehungen. Sie verschaffte mir einen privaten Schüleraustausch nach Somerset, zu Familie Whimbush in Milverton bei Taunton.

Betty Whimbush, zwei Jahre älter als ich, Studentin eines Sprachen-Colleges in London, wollte ihre Deutschkenntnisse vertiefen. Sie kam auf einige Wochen im Frühsommer in mein Elternhaus nach Kirchlengern. Wir sprachen mit ihr nur Deutsch.

»Sie ist aus gutem Haus«, meinte meine Mutter, »sie ist Personal gewöhnt.« Es war ihr aufgefallen, dass Betty abends ihre Kleidungsstücke lässig unter ihr Bett warf und wohl gewöhnt war, dass sie von einem dienstbaren Geist wieder aufgehoben und weggelegt wurden. Näheres über ihr Elternhaus erfuhren wir aber nicht, fragten aus Takt nicht danach. Sie sprach nicht darüber. Schon in diesen ersten Wochen unserer Bekanntschaft entwickelte sich eine herzliche Freundschaft zwischen uns.

Wenige Wochen darauf machte ich den Gegenbesuch. Wie Recht meine Mutter gehabt hatte. Mir gingen die Augen über, als ich ankam. Die Whimbush zählten zur Gentry, dem englischen Landadel. Bettys Vater hatte als hoher Civil Servant jahrzehntelang der englischen Krone in Indien gedient. Er stand auf der königlichen Einladungsliste, ein Kriterium seines gesellschaftlichen Status. Zwar besaß er kein Schloss, doch auf den Hügeln von Somerset eine »Apple-Farm«. Niedrige Apfelbäume, so weit das Auge reichte. In der Mitte ein geräumiges Holzhaus, in dem die »Nanny« für das Behagen der Familie sorgte. Unvergesslich sind die Stunden, in denen der Hausherr – Check-Pfeife rauchend, im hochlehnigen Sessel am offenen Kamin – von seinen Erlebnissen in Indien erzählte.

Die Schwiegermutter bewohnte am Fuß der Hügel ein Landhaus, in dem es sechs Fremdenzimmer mit dazugehörenden Bädern gab. Es war ein ruhiges, unbeworfenes Natursteinhaus, typisch für die Gegend, hinter einer hohen Mauer im Park gelegen, mit Tennis-Lawn, Springbrunnen und einem Obst- und Gemüsegarten, der hinter einer Hecke verborgen war. Die Kirche lag gleich nebenan.

Sonntags fuhren wir von den Hügeln hinunter, angetan mit Strümpfen, Hut und Seidenkleid, Vorschrift für den Gottesdienst. Danach lagen in den Fremdenzimmern »cotton-frocks« für uns bereit, sommerliche Leinenkleider. Man zog sich um, die Strümpfe aus. Es wurde bequem.

In einem Salon im Parterre lagen auf runden Tischen Zeitungen und Magazine aus, mit vielen Gesellschaftsnachrichten. Man versank in geblümten Leinensesseln bei durch Jalousien gefiltertem Sonnenlicht. Die Klingel brachte ein schwarz-weiß gekleidetes Wesen, das auf Wunsch eisgekühlte Getränke servierte. Ein gewaltiger, bronzener Gong, an Elefantenzähnen im Entrée des Hauses aufgehängt, lud zum Mittagessen. Vier Gänge, viel zu viel. Oft gab es als Hauptgericht – typisch englisch – Hammelbraten mit Minzsauce, nicht jedermanns Geschmack.

Nachmittags kamen Gäste zu Tee und Lawntennis. Die Hausfrau saß am Samowar, mischte und servierte den Tee, individuell nach Wunsch: stark oder weniger, mit Sahne, Rum, Zitrone, weißem Zucker oder Kandis. Hausherr und Söhne boten Leckereien an.

Buns sind süße Blätterteigbrötchen, Sandwiches, hauchdünn, dreieckig geschnitten, Tomatenscheiben schimmerten rosa, Gurken lichtgrün durch. Zur Selbstbedienung gab es Torten in Dessertteller-Größe, Kekse und Pralinen. Eine üppige Mahlzeit, nach der man gerne wieder Tennis spielte. Zwischendurch wurde Yorkshirecream mit vom eigenen Gärtner gezogenen Himbeeren gereicht. Abends zu Hause gab es noch einmal ein dreigängiges Menü, von der Nanny liebevoll zubereitet. Ich lernte schnell, mich auf das Naschen zu beschränken.

Waren wir eingeladen, fuhr uns der livrierte Diener-Chauffeur der Schwiegermutter in ihrem Rolls-Royce. Man war in der »Season« nahezu täglich eingeladen und bekam bei den Veranstaltungen im Gespräch neue »Dates«. Die schmalen Heckenwege machten jede Begegnung mit entgegenkommenden Autos zu einem abenteuerlichen Ausweichmanöver.

Die Landhäuser oder Schlösser lagen versteckt im Grün, umgeben von üppigen Parks mit altem Baumbestand. Man fuhr durch hohe schmiedeeiserne Tore, lange Kieswege entlang. Butler wiesen in die Parkplätze ein, gelegen neben englischem Rasen, von hängenden Rosenketten abgeschlossen. Ein Diener führte uns zu einem Raum, an dessen Schwelle Hausherr und Hausfrau uns begrüßten. Zuvor wurde ein langer Stock auf den Boden gestoßen und unser Besuch mit Namensnennung angekündigt. Vormittags wurde man zum Schwimmen im Pool gebeten, nachmittags zu Tee und Tennis, abends zu Tanz und Mitternachtsbüffet. Ich durfte als Gast mit. Englische Mädchen meines Alters – ich war sechzehn – waren noch im Internat. Erst mit siebzehn bekamen sie Dauerwellen, »Permanent Waves«, und wurden dann in die Gesellschaft eingeführt. Mit zwei langen Röcken für Festlichkeiten von meiner Mutter ausgestattet, habe ich es genossen, schon mitkommen zu dürfen.

Eine Veranstaltung während dieser vier Wochen ist mir besonders deutlich in Erinnerung, der siebzehnte Geburtstag der Tochter einer wohlhabenden Fabrikantenfamilie, die ein Schloss aus dem zwölften Jahrhundert bewohnte auf ausgedehntem Grundbesitz. Auf ihm wurde von Verwandten aus aller Welt – Hotels waren in der Provinz rar – gezeltet. Zur Auswahl und als Vorschlag zur Gestaltung des Tages war jeweils an der Tür der Halle ein Zettel mit dem Programm angeschlagen. Man konnte teilnehmen oder nicht.

An diesem Abend fehlte keiner. Das Haus war voll. Alle Besucher und viele Freunde waren gekommen, das Schloss von Scheinwerfern angestrahlt.

Der zwölfjährige Sohn, der wie sein Vater einen Smoking trug, und wie er eine gelbe Chrysantheme im Knopfloch, bot mir galant den Arm, als er mir bei artiger Konversation den Park voller brennender Candles zeigte, mich über japanische Brücken führte. Bis Mitternacht wurde getanzt, am begehrtesten die rabenschwarze Tochter des nigerianischen Botschafters, in rotem Taftkleid und mit vielen Brillanten geschmückt.

Als Unbekannte musste ich warten, bis mir die Hausfrau einen Tänzer vorstellte. Es war Ronald Ferguson, der Vater der Prinzessin Andrew, Sarah, damals fesch und zwanzig Jahre alt. In diesen Wochen haben wir bei dieser und anderen Gelegenheiten viel miteinander getanzt. Er fuhr zu solchen Einladungen mit einem Freund im roten Hanomag, angetan mit Zylinder und weißem Seidenschal – wie weiland Johannes Heesters in der »Fledermaus« –, der aus dem Fenster wehte, wenn er an uns vorüber fuhr und uns zuwinkte. Um Mitternacht servierte der Butler ein Büfett auf der Terrasse vor dem mit unzähligen Kerzen illuminierten Park. Schlug die Uhr zwei, war das Fest zu Ende. Man hatte sich bei der Hausfrau zu verabschieden.

Die Tochter, für die dieses Fest gegeben worden war, bekam als Hauptgeschenk von ihren Eltern eine Europareise, dazu ein weißes Cabriolet, gefahren von einem »Negerchauffeur«.

Ein solches üppiges Landleben soll es nach dem Zweiten Weltkrieg dort nicht mehr gegeben haben, meinte meine Freundin Betty, als sie 1945 nach Kriegsende in der Uniform eines englischen Fliegeroffiziers überraschend in der Tür meines Elternhauses stand und uns um den Hals fiel. Sie war unweit stationiert und brachte uns Köstliches zum Essen. Kurz darauf heiratete sie einen Kollegen. Wir haben uns seitdem aus den Augen verloren. Als ich das für mich einschneidende Erlebnis dieser englischen Ferien hatte, besuchte ich die Obersekunda in Herford, knapp drei Jahre vor dem Abitur.

Angefangen hatte die Schulbildung in der Volksschule von Kirchlengern 1928 bei Lehrer Speckmann, einem von seiner Sache überzeugten, überaus gutmütigen Mann. Meine Handschrift war immer schlecht. Er gab mir eine »Drei«. Unglücklich angesichts der väterlichen Strenge, wurde ich recht ungezogen. Da machte er aus der »Drei« eine »Zwei bis Drei«. Dankbar habe ich das niemals vergessen.

Nach vier Jahren, mit zehn, wechselte ich auf das Mädchenlyzeum in Bünde, einer sechs Kilometer nahen Kleinstadt mit wohlhabender Bevölkerung. Viel Industrie gab es dort, überwiegend Zigarrenfabriken, wie überall in dieser Gegend, des weiteren Großkaufleute, Rechtsanwälte, Notare, Ärzte, reiche Bauern. Die »höheren Töchter« waren Spiegelbild dieser Gesellschaft.

Es entstanden die ersten Freundschaften, »Kränzchen« wurden gegründet. Die Eltern luden reihum ein, zu Kaffee und Kuchen, besonders üppig zu Geburtstagen und Fasching.

Da war Sigrid, blond, schlank, mit blauen Augen. Als sie vierzehn wurde, gab es ein großes Fest. Ihre Mutter wusste, dass sie Rosa liebte. So war an diesem Tag das Haus von unten bis oben mit rosa Mandelblütenzweigen geschmückt, die Torte ebenso rosa wie das Hemd jenes Geigers, der uns nach der Kaffee-Tafel zum Tanz aufspielte. Als wir einen Blick in ihr Zimmer werfen konnten, sahen wir, dass auch hier alles rosa war, von der Bettdecke bis zum Kleiderbügel und den Gardinen.

Meine Eltern luden im Fasching zu Kaffee und Krapfen in unser Haus. Sigrid kam in einem Kostüm in Rosa, mit Reifrock und Biedermeierfrisur und sang:»Ich bin das Meißener Porzellan«. Ihr Vater war Porzellan-Ex- und -Importeur. Sie studierte Medizin, hörte beruflich auf, als sie einen Arzt heiratete, bekam Söhne und führte später das elterliche Geschäft. Sie ist schon vor Jahren gestorben.

In Bünde blieb man von der Sexta – wie die Klassen damals hießen – über die Quinta, Quarta, bis zur Untertertia. Dann ging es auf dieser Schule nicht mehr weiter. Wir mussten in die »Königin Mathilde- Oberschule für Mädchen« nach Herford übersiedeln. Das war anstrengend. Der Vorortzug fuhr morgens um 6.23 Uhr, der Schulweg dauerte eine knappe halbe Stunde, fünf bis sechs Unterrichtsstunden – soviel ich mich erinnere – schlossen sich an. Wieder ging man eine halbe Stunde zurück zum Bahnhof. Um vierzehn Uhr wurde zu Hause gegessen. Hatte man Latein- oder Tennisunterricht, war eine zweite nachmittägliche Fahrt nach Herford unerlässlich. Sonst machten wir nach Tisch Schularbeiten. Um siebzehn Uhr begann die Cello-Stunde, mit dreizehn Jahren zweimal je Woche Konfirmandenunterricht.

In der provinziellen Stille von Kirchlengern merkte man ab 1939 wenig vom Krieg. Nur die Bahnfahrten wurden zunehmend gefährlicher. Tiefflieger beschossen Züge und Gleise. Da taten sich unsere Eltern zusammen und schickten reihum ihre Chauffeure, um ihre Töchter hin- und zurückfahren zu lassen. Die Männer wurden eingezogen, auch sehr junge. So geschah es meinem Bruder mit sechzehn, der unsere Mutter naiv fragte:»Wofür soll ich eigentlich kämpfen?« Fünf Jahre französische Kriegsgefangenschaft sollte es seiner Jugend kosten. Doch er kam gesund zurück. Zwei meiner Tanzstunden-Freunde und meine beiden Lieblingsvettern wurden als Luftwaffen-Offiziere abgeschossen. Traurige Feldpostbriefe kamen in alle Familien.

Gehungert haben wir nicht. Dem Landarzt wurde von den Bauern alles das gebracht, was wir brauchten: Speck, Eier, Fleisch, Butter, Obst und Gemüse. Mahnke konnte weiterhin einmal jährlich ihren lukullischen Höhepunkt erleben, wenn sie für uns vom Metzger beim Bauern ein halbes Schwein schlachten ließ und daraus unter vielem anderen Büchsen mit Rot- und Leberwurst füllte, Braten »einpökelte«, Cervelatwurst, mit Rotwein gewürzt, herstellte. Sie musste lange trocknen, bis sie ihre ganze Köstlichkeit entfaltete. Mein Vater war Zigarillo-Raucher. Reichlich wurde er aus dem Haus Heinecke mit erstklassigem Gewächs beliefert. So entstand mit der Zeit ein Lager von Rauchbarem, das mehr wert war als jede Mark. Mit Kleidern war es schwieriger. Doch irgendwo ließ sich außerhalb von Kleiderkarten mehr oder weniger heimlich ein brauchbares Stück Stoff auftreiben. Es gab weit Schlimmeres.

Unser Klassenlehrer in Herford holte, als 1935 die »Nürnberger Gesetze« herauskamen, die die Rechte der Juden empfindlich einschränkten, die einzige Jüdin auf das Podium. Er befahl ihr in für sie demütigender Weise, die Bestimmungen dieser Gesetze ihren Mitschülerinnen zu erläutern.

Mein Vetter Günther, Mediziner und Biochemiker, schön wie Gott Baldur, hoch gewachsen und blond, Prototyp des »Ariers«, wurde eingezogen und als Oberarzt nach Warschau versetzt. Er verliebte sich in eine dunkle, lebhafte Krankenschwester. Als der Chefarzt es bemerkte: »Das ist die Richtige für Sie.« Doch sie war Polin und hatte dazu einen – wie man damals sagte – »Webfehler«. Ihre Großmutter war Jüdin, damit war sie »Vierteljüdin«, für einen deutschen Offizier tabu, ihre Liebe eine »Rassenschande«. Mein Vetter wurde in Bayern zum »Gemeinen« degradiert und in eine Strafkompanie nach Russland geschickt. Dort ist er gefallen, wie Jahre später das Rote Kreuz herausfand. Zuvor galt er als verschollen, mit 30. Die Polin wurde in ein Konzentrationslager gebracht. Man hat nie wieder von ihr gehört.

Die verzweifelten Eltern haben lange Jahre über die Schweiz – direkt ging es nicht – miteinander ihr Unglück ausgetauscht.

Eine Welt war im Begriff unterzugehen, die nie wieder kommen sollte. In diesen Zeiten des Schreckens, die sich niemand ausmalen kann, der sie nicht erlebt hat, machte ich 1940 das Abitur. Meine Kindheit war vorbei.

Studium im Krieg
1940–1945

Dem Abitur 1940 schloss sich der Arbeitsdienst an. Er war Pflicht, für künftige Studenten fünf Monate. Es soll Mädchen gegeben haben, denen er gefiel. Für mich war und bleibt er ein Albtraum, eine öde, verlorene Zeit. Der Arbeitsdienst war kein Werte schaffendes Mittel, um die Arbeitslosigkeit zu mildern, er lenkte lediglich von der Wirklichkeit ab, ohne produktiv zu sein. Dazu kam die Atmosphäre, die Kasernierung, die mich Individualistin schaudern ließ. Nichts schmeckte mehr, der Magen war zu, ich wurde immer dünner, das Gesicht verschloss sich. Es wurde gelogen. Die wahren Gefühle hätte man nicht zeigen dürfen, ohne Gefahr zu laufen, Schwierigkeiten zu bekommen.

»Guten Morgen, Aufstehen, Frühsport«, schallt es mir noch heute schrill im Ohr. Das jeden Morgen um fünf Uhr. Dann mussten eilig die Betten gebaut werden. Sie standen – jeweils sechs übereinander – im schmalen Raum einer primitiven Holzbaracke. Rein in den Trainingsanzug, raus zum Laufen, Turnen, dann unter die Fahne, ein Lied völkischer Glorie, Waschen, Anziehen, Dienstkleidung, Rock, Bluse, flache hässliche Schuhe, Schürze, Nachrichten hören, Frühstück, bestehend aus Zichorienkaffee mit Milch, schon geschmierten Marmeladebroten, darunter Margarine. Einteilung zur Arbeit.

Es war Frühling, bald Frühsommer. Die Bauern hatten junge Pflanzen gesetzt. Damit ihr Wachsen nicht gehindert wurde, mussten mit großer Genauigkeit kleine und große Steine, die dazwischen lagen, vom Feld aufgesammelt und in Drahtkörben abtransportiert werden. Ich verstehe nichts von Landwirtschaft und kann daher nicht beurteilen, ob eine solche Arbeit sinnvoll war. Für uns junge Frauen war sie unverantwortlich. Das Tragen der schweren Körbe von weither bis zur Müllhalde machte die weiblichen Organe krank, ließ ihre Funktionen sterben. Alles staute. Man nahm unverhältnismäßig an Gewicht zu.

Zu Mittag wurde beim Bauern aus *einem* Topf gegessen. Nur einen eigenen Löffel bekam jeder. Hatte man Innendienst, mussten Fenster mit altem Zeitungspapier ebenso geputzt werden wie die »Funks«, die schlichten Toiletten. Alles wurde genau kontrolliert. Küchendienst war am beliebtesten. Für die wenigen freien Stunden gab es ebenso wie für die Gemeinschaftsausflüge besondere Kleidung: bei

Arbeitsdienst 1940, Erste von rechts: die Autorin

schlechtem Wetter ein braunes Kostüm mit weißer Bluse, sportlich-schwere Schuhe und einen unkleidsamen – ebenfalls braunen – Hut. Bei sommerlichen Temperaturen trug man ein blaues Leinenkleid, das meistens nicht passte, mit weißer Schürze, spießig. Während der Wanderungen wurden Volkslieder nach Art von »Blut und Boden« gesungen, wie sie im Nazi-Reich üblich waren, Verherrlichung der »blonden Herrenrasse«.

Dieses alles spielte sich für mich in Gorspen-Vahlsen ab, einem Dorf auf dem flachen Land, Felder, so weit das Auge blickte, unweit meiner Heimat. Im Herbst 1940 war dieser Spuk vorbei. Ich konnte studieren.

Mein Vater hätte es gerne gesehen, wenn ich mich für Naturwissenschaften, Chemie oder Physik entschieden hätte. Ich lehnte ab. Naturwissenschaften hätten zur Studienrätin geführt, voraussichtlich, angesichts jener Schwierigkeiten, die akademischen Frauen damals noch in weit größerem Maße als heute entgegengesetzt wurden in Universität und Forschung.

So war die Wahl der »Volkswirtschaft« eher eine Verlegenheitslösung. Der Beginn fiel mir schwer, hatte ich doch in meinem musisch ausgerichteten Elternhaus von Bilanzen, Statistik und Finanzmathematik niemals zuvor etwas gehört. Ich warf die Bücher an die Wand. Dazu langweilte mich Marburg a.d. Lahn, wo ich begann. Wenn auch Pfarrer Dietrich, in dessen Haus meine Mutter für mich Quartier gefunden hatte, mich liebevoll in seine Familie aufnahm: Wieder wurde ich zu Hauskonzerten, zu sonntäglichen Nachmittagen mit Kaffee und Kuchen eingeladen. Auch die Verbindungshäuser boten sich an. Man tanzte dort, lernte Studenten kennen. Ich bekam einen »Sektzipfel«, eine »Verlobungsvoranzeige«, von einem Freund. Doch das alles wollte ich nicht. Ich wollte die Freiheit, die Großstadt. Um es vorweg zu nehmen, mehrmals während meiner Studienzeit hätte ich heiraten können. Doch jedes Mal, wenn es auf den Punkt kam, wich ich aus, bekam Angst, dass das Leben dann gelaufen sei, sagte ab.

Im Frühjahr 1941 stand mein Entschluss fest. Ich übersiedelte nach Frankfurt am Main und wechselte von der Volks- zur Betriebswirtschaft.

Zwar sahen die Professoren uns drei Studentinnen nicht gern, versuchten uns durch die Wahl der Themen, wie z.b. »Notzucht« aus dem Hörsaal herauszuekeln. Es ist schwer zu vermitteln, worin die Ablehnung im Einzelnen bestand. Es war der Tonfall, zynische Bemerkungen von einem »Heiratsmarkt«, den die Universität darstelle, von hämischen Bemerkungen, mit welchen weiblichen Mitteln das Examen erreicht werden könne, weil das Gehirn anders, kleiner und primitiver sei als das männliche, ein Umstand, der es den Frauen unmöglich mache, ausreichend logisch denken zu können. Während der Vorlesungen und Seminare wurden zudem in Diskussionen Männer eher aufgerufen als Mädchen. Das mag wohl auch in jenen Disziplinen, denen ich mich zugewandt hatte, besonders auffällig so gewesen sein. Denn Wirtschaftswissenschaften zu studieren – dazu auch Jura – waren noch weithin männliche Domänen und der Markt anzustrebender Entfaltungsmöglichkeiten – wie ich sehr bald im Beruf erfahren sollte – eng. Es gab aber auch erfreuliche Unterstützung von männlicher Seite, wenn man als Frau davon überzeugte, man meine es ernst und entsprechende Leistung brachte. So bot mir der Senior der Fakultät, Schmidt, ein alter Herr mit einem schönen Haus im Taunus, an, seine Assistentin zu werden. Ich lehnte damals ab. Er hatte für sein Leben das Motto zur Leitschnur gemacht, man müsse bei Bewerbungen behaupten, das zu können, was man erst lernen wolle. Das sei ein gutes Mittel, sich stets selber anzutreiben.

In Marburg, in meinen ersten Trimestern um die Wende 1940/41, hatte ich einen festen Freund. Eines Tages beauftragte mich mein

Professor mit einem Vortrag, den ich im Seminar zu halten hatte. Danach rief er mich zu sich in sein Büro: »Ich habe mich über Ihre Arbeit gefreut. Sie sind begabt. Deshalb muss ich Ihnen jetzt etwas sagen, was Sie mir sehr übel nehmen, aber mir noch einmal danken werden. Halten Sie sich nicht an diesen jungen Mann, dafür sind Sie und Ihre berufliche Zukunft mir zu schade.«

Selbstverständlich war ich wütend. Seine Warnung aber blieb nicht ohne Folgen. Bald trennte ich mich von diesem Freund, konnte ihn nicht mehr ertragen.

Alle Versuche einzuschüchtern, beeindruckten nur im Anfang, stachelten dann den Ehrgeiz an. Umsomehr, als es sich lohnte, in Frankfurt zu studieren, hatte die dortige Universität – was die betriebswirtschaftliche Fakultät anbetrifft – neben Köln und der Welthandelsschule in Wien einen bevorzugten Ruf. Nicht zuletzt deswegen, weil so viel Jura als Pflichtfach eingebunden war, dass man mit nur einem Semester mehr den Referendar hätte machen können. Heute wohl üblich, damals eine Ausnahme.

Die beruflichen Aussichten, die eine solche umfassende Ausbildung bot, ließ Anfangsschwierigkeiten überwinden und darüber bewusst werden, dass man sich durchkämpfen müsse. Und siehe da, mit wachsender Kenntnis begannen die zunächst spröden Zahlen zu erzählen, sie waren wie Noten in der Musik, setzten sich in spannendes Geschehen um. Nicht nur in der Betriebswirtschaft – auch in der Volkswirtschaft – zeigten sie Zusammenhänge, die Leben bedeuten. Ich wollte nach oben. Das Schlüsselerlebnis England hatte ich nicht vergessen. Nun kam ein zweites hinzu: Meine Großtante, Maria, Witwe eines Frankfurter Stadtbaurates, brachte mich in führende Häuser. Die hohen Hallen der Universität in Frankfurt, Einladungen in diese Häuser – noch im Krieg mit französischem Rotwein zum Essen und schottischem Whisky in der Bibliothek am offenen Kamin, dazu Platten des jungen Geigenvirtuosen Jehudi Menuhin – , die Kultur, die die Stadt ausstrahlte, die Oper, für die es auf dem »Olymp« Stehkarten für fünfzig Pfennig gab, die Sonntagskonzerte, die so in die Seele drangen, dass man nichts danach essen konnte, sondern sich in die Grünanlagen verkroch, das Städl, der Palmengarten am frühen Sommermorgen, wenn der Rasensprenger seine Kreise zog. Dieses Frankfurt ging unter in einer Bombennacht im Herbst 1943.

Auch das Haus der Witwe Rompel, in dem ich im obersten Stock wohnte, brannte bis auf die Grundfesten ab. Heute steht dort das »Hotel Palmenhof«. Damals lag mein großes Zimmer nach hinten hinaus, vom Balkon blickte man auf Brandmauern. Ein grasgrüner Teppich aus besseren Zeiten bedeckte den Boden, der Waschtisch – fließendes Wasser gab es nicht – war mit rosa Lilien verziert, ein dreitüriger Kleiderschrank, ein alter Schreibtisch und eine durchgelegene Couch vervollständigten die Einrichtung. Neben mir wohnten zwei Kommilitoninnen. Jeden Sonntagmorgen klopfte Frau Rompel, unsere Wirtin, vom Alter klein geschrumpft, an unsere Tür und brachte selbst Gebackenes. Fünfzig Reichsmark kostete mein Zimmer. Das war viel, begrenzte doch mein Vater meinen Wechsel auf 150.- RM monatlich. Ich sollte rechnen lernen. Heute weiß ich, wie weise sein Entschluss gewesen ist. Wie anders hätten wir die schweren Nachkriegsjahre mit den erdrückenden familiären Verpflichtungen meistern können.

Gewohnt habe ich dort von 1941 bis zur schon erwähnten Bombennacht im Herbst 1943. Wir feierten »Matratzenfeste«. Weit gefehlt, wer damit heutige Vorstellungen verbinden sollte. Die Matratzen wurden auf den Boden gelegt, weil man in den sich schon zuvor abzeichnenden Bombennächten nicht nach Hause gehen wollte, wenn wir in unserem kleinen Freundeskreis, überwiegend Assistenten, gefeiert hatten, leichtsinnig. Wir waren jung und verdrängten die Gefahr. Man schlief friedlich und weinselig nebeneinander, hier und da ein keuscher Kuss. Das war alles. Wenn ich daran zurückdenke, so meine ich, haben wir trotzdem kaum etwas entbehrt. Es gab sicherlich auch schon andere Lebensformen, doch gängig waren sie nicht. Es war eine Frage der Achtung, von seiner Freundin nicht mehr zu erwarten. So verlagerte sich die Zuneigung auf Herz und Seele, man lernte sich kennen, schüchtern, zögernd sich öffnend, doch verliebt allemal wie heute. Ich war es immer wieder. Doch ist mir nur einer wichtig in der Erinnerung, mein Freund Hans, dessen Elternhaus mich aufnahm und der mir menschlich und beruflich in dieser Zeit liebevoll und selbstlos half. Als er mich ein halbes Jahr zu spät fragte, brannte mein Herz für einen anderen. Er war es auch, der mir nach dieser vernichtenden Bombennacht meine Koffer aus dem Keller holte, als ich zu meiner Großtante, Maria, nach Schönberg in den Taunus zog. Er tat es ganz selbstverständlich trotz Lebensgefahr. Ein »Blindgänger« lag im Keller, eine nicht explodierte Bombe.

Der Vorort-Verkehr funktionierte noch, die Arbeit an der Universität ging weiter. Zu unserer Zeit war es selbstverständlich, die Regelsemester einzuhalten. Eine Art »Ehrenkodex«. Wer überzog, wurde als unfähig belächelt. Studiengebühren mussten bezahlt werden. Unsere Eltern wären dazu nicht länger als notwendig bereit gewesen. Dasselbe galt für jene Kommilitonen, die sich ihr Studium nebenher verdienen mussten. Es gab sie. In den Semesterferien wurden wir mehrmals eingesetzt in so genannten kriegswichtigen Beschäftigungen. Für mich war das die Fa. Hartmann und Braun, die technische Regler herstellte, wohl auch heute noch herstellt. In der W (Werkstatt) 25 dröhnten die Maschinen. Schräubchen drehen und bohren war meine Aufgabe, von morgens um sieben bis zum frühen Nachmittag, immer dieselbe Bewegung. Ich war so müde, dass ich bei dieser eintönigen Arbeit eingeschlafen wäre, wenn mich nicht eine Zigarette zwischendurch davor bewahrt haben würde. Ich brach den Akkord, ohne darüber nachzudenken, welchen sozialen Sprengstoff das hätte bedeuten können.

Im Frühjahr 1944 bestand ich meine kaufmännische Diplomprüfung mit »Gut«, meine Kommilitonin mit »Genügend«, ebenso wie ein Kommilitone, ein Offizier und Familienvater mit befristetem Fronturlaub. Er tat mir Leid, weil er unter Druck stand und seine Leistungen nicht eben überzeugten. Ich flüsterte ihm vor. Es fiel nicht auf. Doch er fiel aus der Rolle. Als sein Ergebnis schlechter war als das meine, behauptete er hämisch, ich hätte meinen Erfolg weiblichen Mitteln zu verdanken. Immer wieder erlebte ich diese mangelnde Fairness Frauen gegenüber, vom angeblich so starken Geschlecht.

Nur wer das Staatsexamen mit »Gut« absolviert hatte, konnte promovieren. Unter Druck. Denn, der »totale Kriegseinsatz« drohte. Er hätte auch Front bedeuten können. Und das in einer Zeit, in der jeder wusste, dass der Krieg verloren war, man es sich aber nicht zu sagen traute, um nicht des »Defätismus« angeklagt zu werden.

Um in der mir verbleibenden Zeit von einem Jahr ungestört – so hoffte ich – an meiner Dissertation arbeiten zu können, wollte ich den Bomben entfliehen und beschloss, mich nach Marburg a.d. Lahn zurückzuziehen. Wo mein Studium begonnen hatte, sollte es auch beendet werden. Weit gefehlt, auch dort gab es Bombenangriffe Tag und Nacht, besonders in jener Gegend um den Südbahnhof herum, in der ich wohnte. Wieder bei Pastor Dietrich. Nun in einer winzigen Mansarde. Die Balken lagen bloß, eine alte Couch, ein wackeliger Stuhl, Kleider hinter einem Vorhang, schräg, ein ebensolches Dachfenster, unter dem ein alter Tisch als Schreibtisch diente. Es gab weder ein Waschbecken noch einen Schrank. Trotzdem war ich glücklich, überhaupt untergekommen zu sein. Der Andrang war groß, zumal die Kölner betriebswirtschaftliche Fakultät – auch, um, wie man trügerisch gehofft hatte, den Bomben zu entgehen – vorübergehend nach Marburg übersiedelt war. An ihrer Spitze der ebenso bewunderte wie gefürchtete Professor Walb. Bei meiner Ankunft musste ich einen weiteren Irrtum erkennen. In Marburg gab es keine Betriebswirtschaft an der Universität. Lediglich Volkswirtschaft war der Rechts- und Staatswissenschaftlichen Fakultät angeschlossen und durch Gastvorlesungen von Professoren anderer Universitäten vertreten. Mit einer Betriebswirtschaftlerin konnte man wenig anfangen. Man wich aus. So suchte ich mir allein und ohne Doktorvater ein Thema, um keine Zeit zu verlieren. Mir fiel auf, dass das Schema der Gewinn- und Verlustrechnung im Abschluss der Aktiengesellschaften nicht den Vorschriften des Gesetzgebers nach Wahrheit und Klarheit genügte. So entwarf ich ein neues Schema, das der rechtlichen Forderung entsprechen, klar und durchsichtig sein sollte. Eine Kombination von Betriebswirtschaft und Jura, etwas, das sich auch an der Rechts- und Staatswissenschaftlichen Fakultät Marburg verwirklichen ließ, waren doch die Grundlagen weitgehend juristische Kommentare, die im Seminar auslagen. Dort sah ich Morgen für Morgen einschlägige Schriften ein und machte Notizen, die in meiner Dachkammer die Dissertation wachsen ließen.

Als es Herbst und Winter wurde 1944/45, wurde das ein hartes Geschäft. Mein Zimmer hatte zwar einen kleinen Kanonenofen. Doch es gab kaum Kohlen. So wickelte ich mich in der Früh in mein Deckbett ein, zog Handschuhe an und machte mich an die Arbeit in der ungeheizten Dachkammer, Eisblumen an den Fenstern. Der Atem stand in der Luft. Der Kopf war frei, die Arbeit wuchs. Zu essen hatte man auf Marken nicht mehr viel. Die alten Gasthäuser am Fuße des Schlossberges gaben sich zwar Mühe, den Studenten überhaupt noch etwas vorzusetzen. Aber es reichte nicht. Auf Marken gab es etwa Kartoffeln mit roten Rüben, scheußliche rote »Heißgetränke«, Kuchen und Gebäck waren mit Süßstoff versetzt, Zucker eine Kostbarkeit, mehr als selten, das Brot war nass. Man aß viel zu viel davon, schwemmte auf, weil man Wasserstauungen bekam von der Fehlernährung.

Neben dem Bett standen gepackte Koffer, mit denen man bei jedem Alarm in den Keller raste. Er bot wenig Schutz in einem Haus aus der Jahrhundertwende. Kinder schrien, die Menschen lagen auf dem Boden, weinten, beteten, nicht unbedingt der geeigneteste Ort, um sich auf die mündliche Doktor-Prüfung vorzubereiten. Die Zeit drängte. Es blieb keine Wahl. Tagsüber ging es besser. Die für Marburg typischen Bierkeller, die in die Felsen getrieben waren, boten echten Schutz.

Eines frühen Morgens klopfte es an meine Tür. Ich bekam einen heftigen Schrecken, denn das verhieß in dieser angespannten politischen Lage meistens nichts Gutes. Erleichtert war ich, als mein Freund Hans – ich erzählte schon von ihm aus meiner Frankfurter Zeit – vor mir stand. Er war von Berlin – er arbeitete dort als Referent in einem Ministerium – bis Marburg drei Tage und Nächte lang mit der Bahn unterwegs gewesen, um mich zu sehen. Vollkommen erledigt, war er gekommen, um mich nach einem gemeinsamen Leben zu fragen. Zu spät. Ein junger Dozent aus Halle an der Saale, späterer Professor in Süddeutschland, hatte inzwischen mein Herz erobert. Es ist dann nichts daraus geworden. Das war für uns beide sicherlich besser so. Ein Schutzengel hat uns vor einer Lebensdummheit bewahrt.

Viele Jahre später – ich kannte schon meinen Mann Stefan – besuchte mich Hans noch einmal – mit seiner Braut. Er brachte mir blühende Kastanienzweige. Sie erinnerten an schöne gemeinsame Stunden in der von Kastanien bestandenen Bockenheimer Landstraße in Frankfurt, an alte, vergangene Zeiten. Wir haben uns seitdem aus den Augen verloren.

Als meine Dissertation in den ersten Wochen des letzten Kriegsjahres 1945 fertig war, hatte ich immer noch keinen Doktorvater. Die Fakultät riet mir, mich an Prof. Walb aus Köln zu wenden. Seine Vorzimmer waren schwer zu überwinden. Als es mir endlich gelang, lehnte er ab. Er hatte kein Interesse an einer Frau, die auch noch von der Marburger Fakultät kam, dazu viel zu viele eigene Studenten. Als ich ihm klar machte, dass ich eine Frankfurter Diplom-Kaufmanns-Prüfung absolviert hatte, ließ er sich herbei, meine Arbeit von hinten nach vorne durchzublättern. Und dann das Wunder: »Das allerdings ist etwas, das ich mir als Dissertation vorstelle. Ich gebe Ihnen dafür eine ›Eins–Zwei‹ und einen Termin für die mündliche Prüfung bei mir.«

»Gewonnen.«

Zwar musste der Termin der Bomben wegen zweimal verlegt werden. Doch am 28. März 1945, wenige Wochen vor dem Ende des Zweiten Weltkrieges, bestand ich die Doktor-Prüfung. Die Arbeit konnte erst Monate später gedruckt werden, als alles vorbei war. Vom »totalen Kriegseinsatz« war keine Rede mehr. Die Turbulenzen waren über ihn hinweggegangen. Trotzdem empfahl es sich, Marburg so schnell als möglich zu verlassen. Nicht allein der Bomben wegen, die nach wie vor mehr als genug fielen, dazu der Tieffliegerbeschuss, der Straßen und Bahnhof beharkte. Dem Rektor der Universität war es nahe gelegt worden, alle jene Mitarbeiter und Studenten der Partei zu nennen, von denen vermutet wurde, dass sie Gegner des Regimes waren. Nachdem Juden und andere in die Vernichtungslager abtransportiert worden waren, wollte man alle weiteren Nichtkonformen in den Abgrund mitnehmen. Der Rektor war ein aufrichtiger Mann und folgte diesem Ansinnen nicht. Aber der Boden wurde zu heiß. So flohen geradezu eine Kommilitonin und ich unmittelbar nach der Prüfung aus Marburg, teils auf dem Rad, teils zu Fuß, durch den nächtlichen Wald des Sauerlandes, in Richtung Heimat, Kirchlengern. Gespenstisch die Szenen in der Dunkelheit, wenn die Leuchtkugeln Bombenabwürfe ankündigten, Gestalten in Fetzen uns entgegen kamen, Russen, Polen. Die Lager lösten sich auf. Wir Mädchen allein. Sie taten uns nichts, waren so elend, dass sie uns nicht einmal bemerkten. Bis auf einen polnischen Kriegsgefangenen, der uns am nächsten Morgen das Leben rettete. Er zeigte uns, wie wir uns an einen Baum schmiegen, uns in Straßengräben kauern sollten, damit uns jene Tiefflieger, die die sonnenbeschienene Straße beharkten – es waren herrliche Frühlingstage – nicht sahen. In der Nacht ging es weiter. Kurz, bevor wir ankamen, schlief ich auf dem Rad ein. Meine Freundin weckte und zwang mich, das letzte halbe Ei zu essen, um mich wachzuhalten. Nach drei Tagen kamen wir zu Hause an, schliefen tagelang.

Alles wartete sehnsüchtig auf das Ende des Krieges. Endlich war es so weit, die Engländer, die Amerikaner kamen. Es war Frieden.

Die Zeit stand still und hielt den Atem an. Alles, was gewesen, war vergangen. Neues begann sich zaghaft zu formen. Familien zerrissen oder zerbrochen. Kinder hatten auf der Flucht ihre Eltern verloren. Elternhäuser waren zerstört und damit auch die Kinderstuben. Überkommenes konnte kaum mehr weiter gegeben werden.

Alles ging drunter und drüber. Die Spruchkammern nahmen ihre Arbeit auf. Aktiv gewesene Nazis höherer Chargen kamen in automatischen Arrest. »Mitläufer« zitterten vor Denunziation und um ihre Existenz. Viel zu viel wurde geschwiegen, um zu überleben, keine beruflichen Nachteile heraufzubeschwören. So manches, was wir heute erleben, ist die logische Fortsetzung des Damals, das Nichtzugebenwollen, sich geirrt zu haben. Viele andererseits glaubten an Aufbruch, an die Überwindung eines bösen Traumes. Geschäftsleute entschuldigten sich bei Betroffenen. Jeder wusste, dass wir stets dagegen gewesen waren. So saß zum Erstaunen meines Vaters eines Morgens der Inhaber jenes Kolonialwarenladens in seinem Wartezimmer, in dem Köchin Mahnke nicht mehr gekauft hatte, weil uns die NS-Luft dort nicht behagte. Mein Vater ließ ihn lange warten. Als er dann endlich im Sprechzimmer vorgelassen wurde, wollte er sich für sein Verhalten entschuldigen. Mein Vater: »Sie sehen doch, das Wartezimmer ist voll. Ab morgen kauft Fräulein Mahnke wieder das Brot bei Ihnen.«

Der Bürgermeister wurde hinterrücks vom Werwolf erschossen. Er hatte frei gelassenen Gefangenen geholfen in diesen wirren Tagen. Die Engländer beschlagnahmten das Haus Heinecke in Kirchlengern ebenso wie die Villa des Bruders in Bad Oeynhausen. Beide wurden Offizierskasinos. Gustav Heinecke zog mit Familie in das alte Bürogebäude, der Park wurde eingezäunt, im Haus das Parkett aufgerissen, Silber fehlte. Bruder Hans übersiedelte mit den Seinen in das Dachgeschoss der Fabrik, lebte unter unverkleideten Balken in einem nicht unterteilten Riesenraum. Dort sah es aus wie in einem persischen Zelt. Der Boden war übersät mit echten Brücken und Teppichen. Zwischen den Balken aufgehängt, ersetzten sie Türen. Möbel »aus der Zeit«, wertvolle Antiquitäten, mittendrin.

Flüchtlinge kamen von überall. Wohnungen und Häuser wurden beschlagnahmt. Man rückte zusammen. In Südlengern, dem Nachbardorf – jenseits der Else –, besetzten englische Einheiten ein Fabrikgebäude. Soldaten kamen abgemagert nach Hause, deutsche Gefangene, auch solche, die geflohen und durchgekommen waren. Es herrschte der totale Mangel. Alles war rationiert, Lebensmittel wie Kleider, Schuhe, ja sogar Nähgarn. Nur »schwarz« gab es alles. Die Mark war nichts mehr wert. Man tauschte. Die Phantasie trieb Blüten. Aus Uniformen wurden Kleider, aus Helmen Kochtöpfe, aus Kisten Möbel. Zigaretten kosteten acht Reichsmark je Stück, Nylonstrümpfe um die zwanzig. Wer Glück hatte, bekam aus Amerika ein »Care-Paket« mit so begehrten Sachen wie Milchpulver, Kaffee, Kakao, Schokolade, Nylon-Strümpfe. Man nahm Geschenke von Besatzern. Die »Fräuleins« brachten sich selber ein und lebten nicht schlecht dabei. Manche Ehe wurde geschlossen trotz Murrens jener Teile der Bevölkerung, die noch in altem Denken verhaftet waren und Mädchen, die sich mit Besatzern einließen, als Verräterinnen verdammten und verachteten. Man »organisierte«, wie es hieß, wenn Eltern ihre Kinder anwiesen, Kartoffeln von den Feldern, Kohlen an den Bahndämmen zu stehlen oder sie direkt vom Wagen zu klauen.

Mein Vater hatte keine Vorurteile. Er behandelte in seiner Praxis auch Besatzer. So blieb es nicht aus, dass wir von diesem oder jenem Offizier gelegentlich Besuch bekamen. Einer war Dolmetscher, deutscher Immigrant, der in seine Heimat, nach Berlin, zurückwollte. Man bot mir an, ihn zu ersetzen. Ich nahm an. Mein Büro in der Südlengener Fabrik lag neben dem der Chefs, einem Major und einem jungen Captain. Mit letzterem fuhr ich in einem Jeep durch die Lande und kaufte für die Einheit ein. Wer aus der Bevölkerung ein Anliegen hatte, kam zu mir, damit ich dolmetschte oder schriftlich übersetzte. Eine angenehme Zeit, in der ich von den Engländern gut behandelt wurde. Es herrschte eine kameradschaftliche Atmosphäre. Die Tür zwischen beiden Büros stand offen, dreimal täglich kam die Ordonnanz und brachte heißen, süßen Tee mit Sahne. Ein Kanonenofen spendete angenehme Wärme. Allwöchentlich bekam ich Zigaretten, Schokolade, Kaffee, Tee. Das Gehalt war das wenigste. Geld interessierte damals kaum. Als die Einheit Monate später abzog, habe ich geweint. Es soll auch weniger erfreuliche Erfahrungen mit Besatzern gegeben haben. Ich habe sie damals und auch später im Beruf in Minden nicht machen müssen.

Referentin im »Verwaltungsamt«
1946–1949

Anfang 1946 hörte mein Vater im Radio von der Gründung des »Verwaltungsamts für Wirtschaft«, des »Zweizonenamts«, in Minden in Westfalen. Er fragte mich, ob das nicht etwas für mich sei? Inzwischen war meine Dissertation gedruckt worden und mein Doktorvater aus Marburg a.d. Lahn, Professor Dr. Walb, nach Köln zurückgekehrt mit seiner vor den Bomben ausgewichenen Fakultät. Er machte mir das ehrenvolle Angebot, seine Assistentin zu werden. Heute weiß ich, wie arrogant es von mir war, abzulehnen. Damals hatte ich keine Lust, mein heiles und warmes Elternhaus mit dem kaputten Köln zu tauschen. Nun hatte ich Befürchtungen, er werde mir nicht helfen, mich bei meiner Bewerbung im neu gegründeten Mindener Amt nicht unterstützen. Ich hatte mich geirrt. Ohne mir den geringsten Vorwurf zu machen, empfahl er mich bei dem ersten Direktor, Dr. Viktor Agartz, einem Vorläufer Ludwig Erhards. Professor Walb erschoss sich kurze Zeit später. Er geriet in die Mühlen der Entnazifizierungsbehörden und fühlte sich in seiner Ehre getroffen.

Minden in Westfalen liegt an der Weser und war – ist es wohl auch noch – ein Beamten- und Offiziersdomizil. Viel Grün, Villenstraßen in Citynähe, alles überragend der Dom mit seinen bunten Kirchenfenstern und einem Portal, das in jeder Kunstgeschichte zu finden ist. Unweit das Weser-Bergland, die Porta-Westfalica, beliebtes Ausflugsziel, vom Stadtkern damals mit der Straßenbahn zu erreichen. In dieser Idylle war mein Vater aufgewachsen – wie ich schon erzählte – in einer weißen Villa aus der Gründerzeit. Nun bewohnte sie Änne, meine über den Generationenunterschied hinweg geliebte Tante, Mutter jenes Vetters Günther, dessen Schicksal sich im Donezbecken während des Zweiten Weltkrieges erfüllen sollte. Seine Mutter, groß, schlank, blond mit feinem Kopf und einem Gesicht, aus dem sich eine Gemme hätte schneiden lassen, trug vorwiegend schwarz mit viel Schmuck, Ringe an ihren schmalen Händen. Man konnte ihr stundenlang zuhören, wenn sie aus der Familiengeschichte erzählte.

Sie kochte gern und gut. Wenn die Marken der Lebensmittelkarten wieder einmal nicht reichten, opferte sie eines ihrer vielen Silberstücke, sei es ein Löffel, eine Zuckerzange oder Ähnliches und verwandelte es bei der nebenan liegenden Molkerei in Milch, Butter oder Sahne. Bei ihr konnte ich für fünfzig Reichsmark monatlich wohnen. Nun nicht mehr so schäbig wie in meiner Studentenzeit, für Nachkriegsverhältnisse eher feudal. Mein geräumiges Zimmer lag neben einem Marmorbad und war mit polierten Möbeln eingerichtet. Es ging zum Garten hinaus. Die Loggia aus Glas, mit lila blühenden Glyzinien umrankt, gab den Blick frei in viel Grün mit altem Baumbestand. Und hier, in einer Kaserne am Stadtrand, entstand 1946 die Keimzelle des wirtschaftlichen Nachkriegsaufbaues mit der Gründung jenes Amtes, das der Vorläufer des heutigen Bundeswirtschaftsministeriums sein sollte.

Es unterstand noch den Besatzern: Amerikanern und Engländern. Doch die Leitung war schon wieder deutsch. Die »Hauptabteilung Preis« führte ein Professor, ehemals der Breslauer Universität angehörend – Rittershausen, baumlang und fadendünn. Sein Stellvertreter, Leopold Freiherr von Fürstenberg, der auch für die Einstellungen zuständig war, mochte keine akademischen Frauen. Er hatte lange in den USA gelebt und versuchte, mir mit seinem perfekten Englisch eine Falle zu stellen mit einem englischen Diktat, an dem er mich scheitern lassen wollte. Da wir mit den Besatzern verhandeln mussten, waren gute Sprachkenntnisse nötig. Leo Fürstenberg, wie er kurz genannt wurde, wusste nicht, dass ich zuvor englische Dolmetscherin gewesen war. Sein Versuch ging ins Leere. Da wurde er böse: »Sie sind also Diplomkaufmann? Was Sie nicht sagen! Und den Doktor haben Sie auch! Nein, nein. Wie haben Sie denn das geschafft?« Hämisch, mit eindeutig männlicher Geste. Meinen Weg aber konnte er mir nicht verlegen.

Mich nahm das Referat – als Referentin nach TOA III, damals Eingangsstufe für Akademiker – »Gebühren und Versicherungen« unter dessen Chef, Bormann, auf. Bevor die Räume hergerichtet waren, saßen Chefs, Referenten und Sekretärinnen eng zusammen in einem Raum. Doch bald gab es eigene Büros.

Die abstrakten Aufgaben, die man mir übertrug – Ausarbeitungen von Richtlinien und Vorschriften der Planwirtschaft – langweilten mich. Ich opponierte, ging mit einem Freund weit über die Mittagspause hinaus im »Glacis«, in den weitläufigen Mindener Grünanlagen, spazieren. Das ärgerte meinen Chef. Er wollte mich loswerden.

Die »Hauptabteilung Preis« spielte eine wichtige Rolle im neuen Amt. Nicht nur Lebensmittel wurden rationiert, auch alle Preise detailliert festgesetzt. Das geschah zunächst an der Front, d.h. in der englischen, der amerikanischen, später auch in der französischen Zone in den dort gegründeten »Preisbildungsstellen«. Überregional zusammengefasst waren diese Entscheidungen aber nicht, gab es doch kein statistisches Bundesamt mehr, dessen Aufgabe dieses gewesen wäre. Das Sammeln und Registrieren der Unterlagen aus der Provinz war darüberhinaus so wichtig, weil es auch zu den Aufgaben der »Hauptabteilung Preis« gehörte, dort, wo notwendig, Preise überregional auszuhandeln, zu harmonisieren. So kamen Generaldirektoren großer Firmen und Konzerne zu Leo Fürstenberg, um mit ihm Preise für die ausgefallensten Produkte festzusetzen. Die entsprechenden, in den Zonen gesammelten Unterlagen mussten jederzeit griffbereit sein. Um dies zu ermöglichen, wurde im August 1946 von den Besatzern und den deutschen Leitern des »Verwaltungsamts für Wirtschaft« beschlossen, die »Preismeldestelle« im Rahmen der »Hauptabteilung Preis« zu gründen. Chef Bormann sollte sie leiten. Er aber wusste nur zu gut, dass es Planwirtschaft nicht mehr lange geben sollte und die Neugründung damit ein »tot geborenes Kind« sein würde. Er lehnte ab, schlug mich vor.

Damit war meine bisherige Aufgabe zu Ende. Sie hatte mir Freude gemacht. Bormann hatte mich herausgeschickt in die Zonen, von Hamburg bis Hannover, Frankfurt und Wiesbaden. Mir wurde die Prüfung der so genannten »Kulturellen Leistungspreise« vor Ort übertragen. Varietés, Theater, Kinos, die Wiesbadener Oper und auch Konzertsäle waren gerade dabei, wieder aufzumachen, nachdem die gröbsten Kriegsschäden beseitigt worden waren. Man spielte auch noch in Hinterhöfen, Baracken und mühsam geflickten Bauruinen. Nun kam wieder Leben in die Szene. Ihre Preise mussten sich in vorgeschriebenen Grenzen halten. Das galt für Gagen ebenso wie für Eintrittspreise. Ich hatte sie zu prüfen. Das machte mir Spaß, auch wenn das Reisen noch beschwerlich war, die Züge alt, primitiv, ungeheizt. Nicht selten stand man – auch nachts – stundenlang auf einem Bein, zwischen Koffern eingeklemmt, auf dem Gang. Die Pensionen waren schlicht, Spesen knapp. Essen war ohne Marken kaum zu bezahlen. Nierentische kamen auf, Tütenlampen. Die im Bombenkrieg zerstörten Fenster waren mit Pappe zugenagelt. Es zog so kalt herein, dass man nicht selten im Mantel schlief.

Das sollte ich nun aufgeben. Unerfahrener als mein Chef, war ich stolz und mit meinen 24 Jahren naiv genug, als man mich in einer

Sitzung von Besatzern und deutschen Leitern des Amtes in der Villa Reitzenstein in Stuttgart – dem heutigen Regierungssitz – als einzige Frau unter den anwesenden Männern zur Leiterin der »Preismeldestelle« nominierte.

Säcke voll Papier, ein wahrer Unwust, mussten täglich nach Eingang aus den »Preisbildungsstellen« der Zonen nach einem von mir erarbeiteten Aktenplan registriert werden. Dafür hatte ich etwa 12–14 Mitarbeiter – genau erinnere ich mich nicht mehr an die Zahl –, gab es doch noch keine Computer, alles ging per Hand.

Weil man Frankfurt a.M. für zentraler hielt als Minden, zog ich mit meinem Büro zunächst in der dortigen Börse ein und wurde an »langer Leine« aus Wiesbaden, von einem Ministerialrat der hessischen Landesverwaltung ebenso betreut wie vom Stellvertreter des für Preise zuständigen Offiziers im Staff von General Clay in »OMGUS«, Berlin, der obersten amerikanischen Verwaltung. Letzterer, er hieß Jack, war jung, sah gut aus, lud mich zu seinem Chef als »Consultant« nach Berlin ein. Drei interessante Tage, mit viel für meine Arbeit gespendetem Lob, sind mir lebhaft in Erinnerung. Vor allem ein Abend in einem beschlagnahmten Zehlendorfer Reihenhaus. Viele Möbel hatte sie nicht, die dort wohnende Chefsekretärin, Tochter – sie war bildhübsch, dunkle Haare, große sprechende Augen, gute Figur – eines nach Amerika ausgewanderten jüdischen Uhrenfabrikanten aus der Nähe von Nürnberg. Die leeren Räume hatten auch Vorteile, fassten sie doch viele Menschen. An jenem Abend strömten immer mehr herein. In Amerika soll es üblich sein, dass Freunde Freunde mitbringen können. So saß man schließlich auf dem Boden bei für deutsche Zungen ungewohntem Whiskey und mit Delikatessen belegten Brötchen. Unter den Gästen waren Künstler, der Chef der Berliner Charité, dazu ein Reporter, der von den Nürnberger Kriegsverbrecherprozessen erzählte. Die Stimmung wuchs. Je mehr sich die Zungen lösten, erklangen aus amerikanischen Uniformen deutsche Laute aus allen deutschen Landen, Juden, Emigranten.

Die Reise nach Berlin hatte mir gefallen. Auch Jack gefiel mir. Als mein Büro kurze Zeit darauf nach Minden zurückgeholt wurde, lud er mich in das amerikanische Offizierskasino zum Mittagessen ein. Er musste sich wohl in der Tür geirrt haben. Statt im Restaurant standen wir in seinem Zimmer. Alle Versuche halfen nichts. Da wurde er ärgerlich und machte einen schweren Fehler: »Girl is like girl all over the world, like a pound of meat you can buy in every shop.«

»Not me«, war meine Antwort, bevor ich ging. Er hat es wieder gut gemacht, grüßte mich von weitem, war vorbildlicher Kollege. Doch weiterer Appetit war uns wohl beiden vergangen. In Brüssel ist er in späteren Jahren eine politisch bedeutende Figur geworden.

Auch Leo Fürstenberg machte einen Fehler und ihn wieder gut. Inzwischen hatte ich – zu meinem Stolz – so genannte »Unterschriftsbefugnis« bekommen, konnte also weitgehend selbständig handeln, und mein Gehalt war über die anfänglichen 400.- RM monatlich gestiegen. Dass ich als Referentin in der Vorstufe zum Regierungsrat zunächst weniger verdiente als meine Sekretärin lag daran, dass ich zu jung war. Die Gehaltsskala war auf das dreißigste Lebensjahr zugeschnitten. Ich war inzwischen erst 25 und bekam einen Abschlag.

Auf diesem Hintergrund – man nahm meine Arbeit und damit auch mich durchaus ernst – lud mich mein unmittelbarer Vorgesetzter, ein Ministerialrat, ein, über meine Aufgaben während einer von Leo Fürstenberg angesetzten Tagung in Eltville einen Vortrag zu halten. Als ich fertig war, zog Fürstenberg ein Papier aus seiner Tasche und eröffnete ein Gespräch über Zellstoffpreise, in dem er als Beispiel ein bekanntes Produkt wählte, dessen Erwähnung jeder Frau peinlich sein musste, über das man damals nicht sprach und die Werbung ihre Grenze am Taktgefühl fand. Ich war – wie üblich – die einzige Frau. Die Augen aller anwesenden Männer in dieser Runde richteten sich auf mich, als Leo Fürstenberg sprach. Ich wurde weder rot noch blass, krampfte unter dem Tisch die Hände zusammen. Der Ehrgeiz besiegte die Scham. An diesem Abend prostete mir Fürstenberg zu: »Gut haben Sie sich gehalten. Jetzt bin ich Ihr Freund.« Er hat zu seinem Wort gestanden.

Im Amt war alles im Fluss, im Aufbau. Es dehnte sich aus. Neue Abteilungen kamen hinzu, Mitarbeiter wurden eingestellt. Übernommen wurden so manche aus vergangenen Berliner Zeiten, sofern sie nicht zu sehr politisch belastet waren, und Junge. Kollege Sahm wurde Referent in der »Hauptabteilung Preis«, Sohn eines Berliner Oberbürgermeisters, Jurist und später deutscher Botschafter u.a. in Russland. Ministerialrat Rubarth, musikalisch, wurde in mein Elternhaus eingeladen. Meine Kollegin, Dr. Margit Siebert, wartete auf die Rückkehr ihres Verlobten, Dr. Wolfram Langer, aus englischer Kriegsgefangenschaft. Nach kurzer Tätigkeit in der Preisabteilung des Amtes wurde er Frankfurter Korrespondent des Düsseldorfer »Handelsblatts«, nach Gründung der Bundesrepublik Leiter des Bonner Büros. Auf Erhards Bitte schrieb er die erste Fassung seines Buches »Wohlstand für Alle«, das 1957 erschien. 1958 wurde er Ministerialdirektor im »Bundeswirtschaftsministerium« und 1963 Sattssekretär. Matthias Schmitt, späterer Vorstand der AEG u.a., saß eine Weile mit mir als Kollege im selben Büro. Er sollte immer wieder in meinem späteren Leben für meinen Mann und mich eine freundschaftliche Rolle spielen.

Inzwischen war das Amt von Minden nach Höchst a. Main gezogen in die beschlagnahmten Räume der Farbwerke. Kurz nachdem Ludwig Erhard am 2. März 1948 Direktor des nun in »Verwaltung für Wirtschaft« umbenannten Amtes geworden war, löste er die »Preismeldestelle« als planwirtschaftliches Relikt auf. Die Preise sollten freigegeben werden und sich am Markt im Wettbewerb selber einpendeln. In die »Freie Marktwirtschaft«, wie sie bei Erhard hieß – das Wort »sozial« wurde erst später von Professor Müller-Armack, einem seiner Staatssekretäre, eingefügt – passte keine »Preismeldestelle« mehr, ebenso wenig wie die »Preisbildungsstellen« der Zonen.

Erhards Politik beruhte auf der Überzeugung, dass eine funktionierende Wirtschaft auch die sozialste sei. So wenig Staat wie möglich, nur so viel sozialer Schutz wie nötig, war seine Devise.

Nach der Auflösung der »Preismeldestelle« musste ich nicht gehen, konnte mir im Amt eine neue Aufgabe suchen. Doch wo, war die Frage, wo konnte in diesen Jahren eine akademische Frau aufsteigen? Ich versuchte es mit der betriebswirtschaftlichen Abteilung, die von einem ehemaligen Wirtschaftsprüfer geleitet wurde. Drei Wochen saßen ein Kollege und ich an *einem* Protokoll, es mangelte noch an Arbeit. Als sie schließlich kam und Prüfungen in der Großwirtschaft nötig wurden, durfte ich nicht mitreisen. Vorwand: Die Hotels hätten noch nicht genügend Einzelzimmer, Wahrheit: Die Bilanzchefs der großen Firmen lehnten es ab, mit Frauen zu verhandeln. Das sollte nicht nur mich treffen. Auch erfahrene Wirtschaftsprüferinnen in privaten Unternehmen mussten zu Hause bleiben, wenn ihre männlichen Kollegen außerhalb arbeiteten.

Was nun? Presse, das war der Ausweg. Journalistinnen hatten es zwar auch noch schwer, doch gab es schon Vorbilder.

Kuno Ockhard, Erhards Pressechef in diesen Jahren, telefonierte, als ich mich bewarb. Er stand in dem großen Raum hinter seinem Schreibtisch und musterte mich eindringlich. Dann holte er eine

Referentin Dr. Luise Butenuth (ab 1950 Dr. Luise Gräfin Schlippenbach) in der »Verwaltung für Wirtschaft« in Höchst mit Direktor Ludwig Erhard an der Spitze, 1948

Planstelle aus einer anderen Abteilung für mich herüber. Ich wurde damit einer seiner drei Pressereferenten, wieder als einzige Frau. Das war im Frühsommer 1948, wenige Wochen vor der Währungsreform im Juni. Mit ihr fielen sukzessive die staatlichen Begrenzungen, wurden nach und nach die Preise freigegeben. Das brachte Phantasie. Was aus Schwarzmarktzeiten übrig geblieben war, wurde aus dem Keller geholt. Noch in der Nacht vor der Währungsreform gab Erhard seinem Sprecher, meinem Chef Ockhardt, den Auftrag, eine Reihe von Preisfreigaben über das Radio zu verkünden, damit am kommenden Tag Nachfrage auf Angebot stieß. Es wurde rasant verkauft, gekauft. Von diesem Schritt hatte Erhard den Amerikanern nichts erzählt, ihre Einwilligung nicht eingeholt. General Clay ließ ihn zu sich kommen und machte ihm Vorhaltungen, etwa:»Wie konnten Sie unsere Anordnungen verändern, ohne vorher mit uns darüber gesprochen zu haben?« Erhard:»Ich habe sie nicht geändert, General, ich habe sie aufgehoben.«

Die Mark war nun wieder etwas wert. Es wurde gearbeitet, gespart. Die»Fresswelle« boomte nach der langen Zeit des Darbens. Nun gab es sie wieder, die guten Sachen: Kaffee, Butter, Fleisch, Eier, Obst, Wein und Cognak. Cocktails wurden Mode. Ich kaufte Kleider. Es gab sie wieder statt der von der Schneiderin mühsam aus Resten und Fetzen, aus alten Uniformen, zusammengefügten, Nahtstellen überstickt. Autos wurden gekauft. Man begann zu reisen, nun immer breitere Schichten der Bevölkerung. Italien war der Traum.

Schon wenige Monate nach der Währungsreform waren die Erfolge sichtbar geworden und Erhard mit seinen Vorhersagen gerechtfertigt. Es hatte sich eine beachtliche Verbesserung in den Realeinkommen angebahnt. Damals versuchte Ludwig Erhard mit folgenden Worten – insbesondere den Arbeitnehmern – die Zusammenhänge klar zu machen:

»… Nur der Wettbewerb erfüllt die soziale Aufgabe, Preise und Einkommen, und im Besonderen wieder Preise und Löhne, zu jener optimalen Entsprechung zu bringen, die einerseits den Lebensstandard unseres Volkes fortlaufend verbessert und zum anderen die Verteilung des Sozialprodukts sicherstellt … Die tragende und treibende Kraft der Marktwirtschaft ist und bleibt der Wettbewerb, aber es gilt endlich und vor allen Dingen auch in den Kreisen unserer Arbeiterschaft einzusehen, dass dieser Wettbewerb nicht das böse, sondern das wohltätige, segensreiche Prinzip ist, und dass die Früchte vermehrter und rationaler Arbeit nicht unternehmerischen Interessengruppen, sondern dem Volke in seiner Gesamtheit zugute kommen!« (entnommen der Festschrift zu Erhards 75. Geburtstag)

Mit solchen Erläuterungen und Maßhalteappellen, die Erhard immer wieder durch den Äther jagte, beschwor er seine Gegner, von denen er umgeben war und die sein System nicht annehmen oder wieder zu Fall bringen wollten, darunter die Besatzer, die Sozialdemokraten, große Teile der Gewerkschaften und sogar Mitglieder der Unionsparteien. Doch Erhards Erfolg überzeugte sogar diese Gruppen. So war es allein seiner Persönlichkeit zu verdanken, wenn die »Freie Marktwirtschaft« sich gegen immer wiederkehrende planwirtschaftliche Vorstellungen durch- und Kräfte freisetzte, die den allgemeinen Wohlstand möglich werden ließen bei weitgehend sozialem Frieden.

In diesem Zusammenhang möchte ich aus einem Beitrag von Franz-Josef Strauß zitieren, den ich auch in der Festschrift zu Ludwig Erhards 75. Geburtstag fand und die Erhard selber, signiert, meinem Mann schenkte:

»Nirgendwo in der Welt und nirgendwann in der Geschichte hat jemals die Verwirklichung eines sozialistischen Gesellschaftsmodells und einer sozialistischen Gesellschaftsordnung, gleichgültig, unter welchem Vorzeichen sie stand, zu einer solchen Verbesserung der Lebenshaltung, der Einkommensverhältnisse, der Eigentumsbildung, des Zutritts immer größerer Kreise des Volkes zu den gehobenen Mitteln der Daseinsgestaltung und zu den höheren Verbrauchsgütern geführt wie bei uns die Politik der ›Sozialen Marktwirtschaft‹.«

Erhards Überzeugung hatte eine lange Vorgeschichte. Als er aus dem Ersten Weltkrieg zurückgekehrt war, studierte der am 4. Februar 1897 in Fürth geborene Kaufmannssohn Wirtschaftswissenschaften und Soziologie an der Handelshochschule zu Nürnberg und der Universität in Frankfurt am Main. Er schloss mit dem kaufmännischen Diplom ab.

Dort promovierte er auch 1924 bei Professor Franz Oppenheimer, wurde 1928 wissenschaftlicher Assistent und dann stellvertretender Leiter des »Instituts für Wirtschaftsbeobachtung« in Nürnberg, und ebenfalls dort wurde er 1942 Leiter des »Instituts für Industrieforschung«.

Von Oktober 1945 bis Dezember 1946 war Erhard Wirtschaftsminister in Bayern und wurde am 7. November 1947 Honorarprofessor der Rechts- und Staatswissenschaftlichen Fakultät der Universität

München. Gleichzeitig war er Vorsitzender der »Sonderstelle Geld und Kredit« in Bad Homburg, und bereitete dort – in Zusammenarbeit mit den Besatzern, insbesondere mit den amerikanischen – die Wirtschafts- und Währungsreform vor. So war es folgerichtig, als er am 2. März 1948 zum Direktor der »Verwaltung für Wirtschaft des Vereinigten Wirtschaftsgebietes« in Frankfurt am Main/Höchst berufen wurde.

Die unter Hitler gleichgeschaltete Presse wachte wieder auf, rekrutierte sich neu. Die »Neue Zeitung«, Organ der Amerikaner mit deutschen Redakteuren, solchen, die unbelastet waren, und Immigranten, machte ebenso bald auf wie die »Frankfurter Rundschau«, »Die Welt« in Hamburg, »Die Zeit«, um nur einige zu nennen.

Die Presseagenturen waren entweder noch gar nicht geboren oder so schwach, dass wir Pressereferenten aus den Abteilungen – bis in die Spitze des Amtes – die Nachrichten, die wir an die Presse weitergeben sollten und konnten, selber herausholen mussten. »Waschzettel«, Blätter mit Nachrichten, die an die Redaktionen gegeben wurden, waren noch rar. So kamen die Pressevertreter in unsere Büros, in der Hoffnung auf taufrische News. Das brachte Beziehungen. Man baute auf und Kontakte zur Presse und im Amt aus, bis der Rechnungshof kam und Stellen strich, darunter auch meine, war ich doch eine Frau, jung, unverheiratet. Die Männer, zurück aus dem Krieg, drängten in jene Positionen – nicht nur in der Presseabteilung –, die akademische Frauen innehatten. Ihnen wurde nahe gelegt, sich in die mittlere Ebene, die Inspektorenlaufbahn und damit die nicht mehr akademische, zurückzuziehen, um männlichen Karrieren Platz zu machen.

Das war für mich das Signal, mich zu verändern, dem Amt den Rücken zu kehren. Angesichts meiner guten Presseverbindungen war das nicht schwer. Man bot mir Korrespondentenstellen an. Chef Ockhardt half. Ich griff zu und sprang ins kalte Wasser. In der Presseabteilung lernt man nicht das redaktionelle Handwerk, das man beherrschen muss in seiner schwierigen Vielfalt, will man reüssieren. Die »Frankfurter Rundschau« bot sich an, bald auch »Die Welt«, der »Mannheimer Morgen« und einige mehr. Alle Couleur. Bei einem jungen Reporter spielte das kaum eine Rolle. Doch Meldungen musste man formulieren können, eine Kunst, die man erst in Jahren perfekt erlernt, muss doch schon im ersten Satz alles Wesentliche stehen, sodass von unten weggestrichen werden kann, wenn noch in letzter Minute eine Anzeige, von der die Zeitung lebt, eingeschaltet werden soll. Es gibt den Kasten, den Bericht, den Aufmacher, die Glosse, die Reportage, das Wirtschaftsfeuilleton. An Kommentare ist erst nach Jahren zu denken, wenn sich durch Praxis und Lesen eigene Gesamtbilder formen. Artikel, wie der Laie meint, ist eben nicht gleich Artikel, und ohne gründliche Ausbildung lässt sich nicht schreiben, so wie es die diversen Stilarten der Publikationsorgane verlangen, auch wenn mancher das eitel verdrängt.

Die Schlippenbachs

Der Zufall brachte mir einen Schutzengel, Dr. jur. Stefan Graf Schlippenbach. Ockhardt hatte von mir verlangt, in seinem Vorzimmer meine Bewerbung an die Wirtschaftsredaktion der »Frankfurter Rundschau«, den Leiter, Alfons Montag, auf einer der Maschinen seiner beiden Vorzimmerdamen selber zu schreiben, obwohl ich eine Sekretärin hatte. Jung, akademisch verbildet, schien mir das unter meiner Würde. Ich war wütend. Doch Ockhardt meinte: »Wer Journalist werden will, muss Maschine schreiben können.« So war ich aus meinem Büro herübergekommen und ärgerte mich. Ich war allein, beide Damen zu Tisch, Ockhardt verreist.

Der Portier brachte mir eine Karte: Dr. jur. Stefan Graf Schlippenbach. »Schicken Sie ihn weg, Ockhardt ist nicht da.« Es war zu spät. Schon stand er in der Tür. Groß, dunkel, strahlend blaue Augen, geschmeidige Bewegungen, schmale Hände, von genuinem Charme, Kavalier alter Schule. Jahrzehnte später, als er pensioniert wurde, skizzierte ihn sein Chef in seiner Tischrede an der Festtafel treffend mit den Worten: »Heute verabschieden wir einen der letzten Grandseigneurs dieser Epoche.« Das war im Frühjahr 1972 in Köln.

Wir kamen ins Gespräch. Er fragte mich, was ich da mache. Als ich ihm sagte, ich wolle Wirtschaftskorrespondentin werden, meinte er, ob ich das könne, ob ich redaktionelle Erfahrungen habe und bot mir an, mich zu schulen.

In der Weltwirtschaftskrise Anfang der dreißiger Jahre hatte er als Volontär im »Deutschen Nachrichtenbüro«, Berlin, der einzigen Presseagentur im Dritten Reich, nach seinem Wiener Jurastudium angefangen. Von der Pike auf war er in der Redaktion ausgebildet und aufgestiegen. Doppelsprachig, Ungarisch und Deutsch, war er 1937 nach Budapest versetzt worden, als Chefredakteur mit Halbdiplomatenstatus der dortigen Filiale für Ungarn und den Balkan. Weihnachten 1944 war er lebendig davongekommen, als die Russen die Panzersperre um Budapest schlossen. Als Flüchtling in Oberbayern hatte er kaum Beziehungen im Inland und schlug sich als Korrespondent mit einem Freund mühselig in Frankfurt durch. Gekommen war er zu meinem Chef, um eine Bescheinigung zu erbitten, die ihn als Journalisten auswies. Nur so konnte er eine Aufenthaltsgenehmigung in der Mainmetropole erwirken.

Auf der Rückseite eines alten Stichs, der Schloss Arendsee aus Schlippenbach'schem Besitz in seinen besten Zeiten zeigt, ist in umständlicher, veralteter Sprache die Geschichte der Familie beschrieben. Daraus möchte ich hier zitieren, um den Background zu skizzieren:

Das alte ritterbürtige Geschlecht der Schlippenbach, deren gräfliche Linie nur noch im Königreiche Preußen blüht und hier seit Ende des siebzehnten Jahrhunderts auf Schönermark und Arendsee ihren Sitz hat, stammt ursprünglich aus der westfälischen Grafschaft Mark, wo seiner noch in Urkunden des vierzehnten und fünfzehnten Jahrhunderts Erwähnung geschieht. Inzwischen waren von dort aus im Laufe der Zeit mehrere seiner Glieder, zuletzt noch 1428, als deutsche Ordensritter nach Liefland gezogen und hatten sich auch noch weiter nach Curland und Estland ausgebreitet, wo, nach einer Urkunde von 1550 dem Schlippenbachschen Geschlechte von dem Ordensmeister Heinrich Galen das Gut Bornhofen bei Pernau als Stammsitz bestätigt wird. In gleicher Weise erwarb Friedrich Schlippenbach 1574 das Stammgut Salingen bei Goldap und ward solchergestalt durch seine beiden Söhne der Stifter der noch heute in den russischen Ostsee-Provinzen blühenden beiden freiherrlichen Linien Schlippenbach-Bornhofen und Schlippenbach-Salingen.

Christoph Carl aus dem Hause Salingen trat unter König Gustav Adolph in schwedische Kriegsdienste, focht mit großer Auszeichnung im 30-jährigen Kriege, befand sich mit dem schwedischen Generalissimus, Pfalzgrafen Carl Gustav, nachherigen König Karl X. von Schweden und dem Kanzler Oxenstierna als fungierender Marschall bei dem bekannten großen Friedensmahle, welches Letzter nach Abschluss der Friedenspräliminarien zwischen dem Kaiser, den Reichsständen und Schweden am 2. September 1649 auf dem Rathause zu Nürnberg gab, und wurde am 1. Juni 1654 als Obrist der Leibgarde von der Königin Christine in den Grafenstand erhoben, wobei er als Grafschaft die Stadt Falkjöping nebst Sköfde, Liuxala und Salingen erhielt und fortan den noch heute von den Grafen Schlippenbach geführten Titel Graf von Sköfde, Freiherr von Liuxala und Salingen annahm. Außerdem wurde er von Carl X., in dessen höchster Gunst und Vertrauen er stand, zum Kriegs-Raths-Präsidenten ernannt und mit vielen wichtigen diplomatischen Sendungen betraut.

Seit Ende des siebzehnten Jahrhunderts, seit 1686, lebte die gräfliche Linie Schlippenbach in der Uckermark, wo sie großen Landbe-

sitz rund um Schönermark erwarb. Das Herrenhaus Schönermark wurde zusammen mit dem 1838 vom Architekten Stüler – einer der bedeutendsten in Preußen – gebauten Schloss Arendsee 1848 zum Majorat, dessen »zweiter Agnat« der 1907 nachgeborene Stefan Graf Schlippenbach unter anderem werden sollte.

Errichten ließ Schloss Arendsee sein Großonkel, Albert Ernst Ludwig Karl Graf von Schlippenbach, als er sich mit Gräfin Emma von Scheel-Plessen vermählte. Sein Bruder Ernst heiratete eine Gräfin Sermage. Beider Sohn, 1842 geboren, war der Vater meines Mannes, Dr. jur. Stefan Graf Schlippenbach. Als er in zweiter Ehe auf die Welt kam, war sein Vater bereits 65 Jahre alt und Feldmarschallieutnant der K.u.K.-Armee, bei uns vergleichbar mit einem Zwei-Sterne-General, in Fünfkirchen (Pécs), Ungarn. Seine Mutter war Ungarin. Großonkel Albert Ernst Ludwig Karl war es denn auch, von dem das Lied *Ein Heller und ein Batzen* stammt:

Ein Heller und ein Batzen
ward allzweibeide mein
der Heller ward zu Wasser
der Batzen ward zu Wein

Die Mädel und die Wirtsleut
die rufen beid: oweh
Die Wirtsleut, wenn ich komme
Die Mädel, wenn ich geh

Meine Stiefel sind zerrissen
Meine Schuh, die sind entzwei
Und draußen auf der Heide
Da singt der Vogel frei

Ja gäb's kein Landstraß nirgend
Da säß ich still zu Haus.
Und wär kein Loch im Fasse
da tränk ich gar nicht drauß

3030. Ernst Graf von Schlippenbach Geb. 21.6.1804 zu Schönermark (Kr. Prenzlau).

Bruder des Generallieutenants Ferdinand Ludwig Hermann Karl.

10.1.1817 Kadett zu Potsdam – 1.4.1819 Kadett zu Berlin – 1.3.1822 Unteroffizier im 2. Garde-Landwehr=Kavallerieregiment (2. Garde-Ulanenregiment) – 12.4.1823 Portepeefähnrich – 16.11.1825 aggregierter Sekondelieutenant – 18.6.1824 eintangiert – 25.4.1839 Premierlieutenant – 10.12.1843 Rittmeister und Eskadronchef – 1848 Straßenkampf in Berlin – 14.10.1851 Major und etatsmäßiger Stabsoffizier – 30.6.1855 Kommandeur des 1. Ulanenregiments – 15.10.1856 Oberstlieutenant – 18.1.1858 Roter Adler=Orden III. mit Schleife – 31.5.1859 Oberst – 20.9.1859 mit der Erlaubnis zum Tragen der Regimentsuniform und Pension zur Disposition gestellt – 19.5.1881 Charakter als Generalmajor – Gest. 25.5.1885 zu Heiligenkreuz in Kroatien – war Ritter des Johanniter-Ordens und des Hausordens von Hohenzollern – Verheiratet: 19.12.1832 zu Heiligenkreuz mit Henrita Regina Gräfin Sermage von Szomßedvar, – Geb. 18.3.1811 zu Agram – Gest. 15.5.1895 zu Berlin – Söhne: 1. Arthur Karl Christoph – Geb. 9.10.1837 zu Berlin Lieutenant a. D., Ritter des Johanniter-Ordens und Herr auf Maruschevet in Kroatien 2. Stephan Roderich Karl Christoph – Geb. 18.12.1842 zu Berlin – k. u. k. Feldmarschalllieutenant 3. Johann Friedrich Karl Christoph – Geb. 9.8.1846 zu Berlin - preuß. Generallieutenant – Bild: Schönermark (Kr. Prenzlau).

Lebenslauf von Stefans Großvater, entnommen aus: Kurt v. Priesdorff, »Soldatisches Führertum«, Exemplar im Militärhistorischen Museum in Dresden

Schlippenbach wurde aus dem Kadettenkorps als Unteroffizier dem 2. Garde Ulanenregiment überwiesen, dessen Uniform er 55 Jahre getragen hat. Er wurde 1845 Rittmeister und Eskadronchef im Regiment und am 30. 10. 1847 von seinem Regimentskommandeur, dem Oberstlieutenant Graf Solms, beurteilt: „Tätig und eifrig, und bemüht, seinen Wirkungskreis auszufüllen. Sein moralisches Betragen ist lobenswert." Der Brigadekommandeur, Generalmajor Graf von Walderfee, fetzte am 15. 11. 1847 hinzu: „Es ist ein tüchtiger, umsichtiger und unermüdlich fleißiger Eskadronchef, der sich zur Beförderung in seiner Tour eignet."
Mit großem Pflichtgefühl und regem Eifer bildete Schlippenbach seine Eskadron aus und wurde 1851 Major. 4 Jahre später trat er an die Spitze des 1. Ulanenregiments und wurde in dieser Stellung im Frühjahr 1859 zum Oberst befördert. Unermüdlich war er bestrebt, das Interesse am Dienst nach allen Richtungen hin zu fördern. Zum praktischen Wirken günstig veranlagt und sorgsam bemüht, bei allem Diensteifer immer ruhig und sicher zu bleiben, wurden seine Leistungen allgemein anerkannt. Er war ein tiefreligiöser Mann, der, selbst in sehr guter Vermögenslage, auf dem Gebiet der Wohltätigkeit viel Gutes getan hat. Nach der Mobilmachung 1859 schied Schlippenbach aus dem Dienst und widmete sich der Verwaltung seiner großen Besitzungen in Kroatien. Er erhielt 1881 den Charakter als Generalmajor und starb vier Jahre später.

Schloss Arendsee 1992

Da immer nur der älteste Sohn Majoratsherr werden konnte, der die Besitzungen verwaltete, wurden die Brüder Beamte oder Offiziere. So war nicht nur der Vater meines Mannes Offizier, sondern auch dessen – schon erwähnter – Großvater königlich-preußischer Generalmajor in Berlin. Sein Sohn, Stefans Vater, wurde von seiner Mutter auf deren kroatische Güter gebracht und in die K.u.K.-Armee geschleust. Das erklärt, warum Dr. jur. Stefan Graf Schlippenbach in Ungarn 1907 geboren worden ist. Drei Jahre danach starb sein Vater mit 68 Jahren an einer Lungenentzündung, am 20. Oktober 1910.

Die Schlippenbach'schen Besitzungen, aus denen Stefan bis zum Ende des Zweiten Weltkrieges als »zweiter Agnat« Apanagen bezog, wurden »enteignet«. Die Frage, ob juristisch rechtens oder überhaupt ist in einschlägigen Kreisen umstritten. Maria Gräfin Schlippenbach, die Frau des letzten Majoratsherren, war 1945 zu Ende des Zweiten Weltkrieges Witwe und wurde von den Russen mit ihren vier Kindern von Haus und Hof ins Flüchtlingselend gejagt. Mit bewundernswerter Tatkraft hat sie diese Zeit überstanden, hart gearbeitet, obwohl sie krank war. Ihre Kinder und Enkel leben in guten und geordneten Verhältnissen. Sie sind wieder eine zahlreiche Familie geworden. Der Erbe hat – soweit es ihm seine bescheidenen pekuniären Verhältnisse erlaubten – einen kleinen Teil der ehemaligen Besitzungen wieder kaufen und pachten können, zu heutigen Preisen und mit ruinösen Auflagen. Mit großem Elan versucht die Familie auf altem Grund und Boden wieder Fuß zu fassen und etwas aufzubauen, von dem nachkommende Generationen leben können.

Stefans Vater, der nicht mehr auf den Besitzungen, sondern in Berlin, geboren wurde, hatte vier Geschwister. Es würde hier den Rahmen sprengen, im Einzelnen genealogisch auf sie und ihre Nachkommen einzugehen. Sie alle tragen große Namen: von Lepel, Grafen Thiele-Winkler, Prinzen Reuss, Grafen Dönhoff, Grafen Palffy, Grafen Lehndorf, Dohna, Barone Drasche, Fürsten und Prinzen Ysenburg, heute noch besitzlich. Viele der Genannten sind aber auch »enteignet«. Belassen wir es bei dieser oberflächlichen Auswahl, Familien, die international verzweigt und verbunden sind. Viele von ihnen sind verarmt, wie auch Dr. jur. Stefan Graf Schlippenbach, der im anschließenden Zitat einiges aus seinem Leben erzählt:

Die letzten Gäste waren gegangen. Der Dunst der Zigaretten hing noch in den Gardinen. Meine Mutter stieß die Fenster auf. Es war spät geworden. Am Horizont meldete sich bereits der Morgen. Da setzten die Wehen ein. Eilig wurde ein dienstbarer Geist geweckt. Es war höchste Zeit, die Hebamme zu rufen. Zwei Stunden später war ich angekommen. Mein Vater ließ anspannen und fuhr beschwingt durch die erwachende Kleinstadt. Rundum wurde die Bekanntschaft geweckt. Er war erfüllt von Vaterstolz: »Ich habe einen Sohn«.

Viele Jahre später erfuhr ich aus dem Horoskop: die Sonne, gerade aufgegangen, stand Glück verheißend vier Grad über dem Horizont, im Sternbild von Mars und Venus. Es war der 25. April 1907, fünf Uhr Früh, in Pécs (Fünfkirchen), Ungarn.

An meinen Vater kann ich mich nicht erinnern Er war zuletzt Feldmarschall-Leutnant. Er starb, als ich drei Jahre alt war. Nur wie in einem Nebelschleier glaube ich heute noch den pompösen Leichenzug mit vielen Soldaten, Musik und unzähligen Trauergästen zu sehen. Mein kroatisches Kindermädchen, Resi, ließ mich vom Fensterbrett aus das Schauspiel beobachten.

Die Kindheit verlief umsorgt von einer Schar von Frauen: Mutter, Tanten, Cousinen, Kindermädchen und einer französischen Gouvernante aus Genf.

Wenige Wochen vor Ausbruch des Ersten Weltkrieges 1914 heiratete meine Mutter zum zweiten Mal, den österreichischen Major Demeter Hackmann. Er wurde nach seiner Heimkehr 1917 aus russischer Kriegsgefangenschaft, beinamputiert, im Austausch über Schweden in den persönlichen Adelsstand erhoben. Im Sommer jenen Jahres übersiedelten wir nach Wien. Mein Stiefvater, inzwischen zum Obersten befördert, sollte im dortigen Kriegsarchiv der alten Monarchie tätig werden.

Stefans Vater, Feldmarschallieutnant, um 1900

Stefans Mutter, 1910

Die Kinderjahre zuvor in Pécs waren nicht sehr ereignisreich. Einzige Zäsuren waren die alljährlichen Sommerferien in Fornád, auf dem Gut meines Onkels, Toni von Kacskovics. Man verbrachte dort seine Tage, wie es eben in Kreisen des ungarischen Landadels üblich war: Tennis, Reiten, Jagd und nachbarschaftliche Geselligkeit. Ich genoss als Kind die ländliche Freiheit und trieb mich herum zwischen Garten, Stallungen und weiten Feldern. Eines sommerlichen Augustnachmittags 1914 kam meine Mutter in einem Auto angebraust, sie hatte Angst, wir könnten der Truppentransporte wegen nicht mehr unbehelligt nach Hause kommen und brachte mich nach Pécs.

Die erste Autofahrt meines Lebens genoss ich. Meine Mutter – stets um Gesundheit ängstlich besorgt – hüllte mich trotz sommerlicher Hitze in Decken. Ich bekam einen Hut aufgesetzt und einen Schleier vor das Gesicht gebunden und ab ging es in brausender Fahrt, von Staubwolken begleitet, durch verschlafene Dörfer mit Hühnergegacker und scheuenden Pferden.

In Wien kam ich 1917 in das »Theresianum«. Es galt als die nobelste Erziehungsanstalt der Habsburger Monarchie, gegründet von Maria Theresia um 1760, mit der ursprünglichen Zielsetzung, den Söhnen des Adels eine Erziehung zu vermitteln, den Nicht-Erben, die sie für den Staatsdienst, sei es beim Militär, der Verwaltung oder in der Diplomatie, vorbereitend befähigen sollte. Ich war einer der wenigen Stiftlinge des Kaisers vor dem Untergang der Monarchie. Stiftling deswegen, weil meine Mutter keinerlei Pension von meinem Vater erhielt und ihre zweite Ehe bald scheiterte. Sie hatte meinen Vater geheiratet, als er schon pensioniert war. Wir lebten daher überwiegend von jenen Apanagen, Beteiligungen am Erlös aus Forst- und Landwirtschaft, die mir aus dem Schlippenbachschen Besitz in der Uckermark, Schönermark und Arendsee, zustanden. Die waren bescheiden genug. Auch wenn ich in Wien das Internat besuchte, war ich kein Österreicher. Im Königreich Ungarn geboren und 1937 eingedeutscht, blieben Name und Titel voll erhalten. Als Österreicher hätte ich ihn verloren, wurden doch 1917 die Adelstitel dort abgeschafft, auch wenn auf dem Parkett bis heute davon kein Gebrauch gemacht wird. In Deutschland aber sind die Titel geblieben, sind laut Verfassung seit 1919 Namensbestandteile, polizeilich vorgeschrieben.

Nach dem Abitur, im Herbst 1925, begann ich an der Wiener Universität, Jura zu studieren. Trotz vielfältiger Lockungen der Großstadt legte ich alle Zwischenprüfungen termingerecht ab und hätte auch innerhalb der vorgeschriebenen acht Semester meinen

Referendar und bald darauf den Doktor gemacht, wenn mich nicht eine schwere Lungenerkrankung im November 1928, zu Beginn des siebten Semesters, daran gehindert hätte.

Während meiner Studienzeit wurde ich viel eingeladen. Glanzpunkte waren die großen Bälle der damals noch besitzlichen Adelsfamilien, wie z.b. Schwarzenberg, Harrach, Rothschild.

Das Ausheilen meiner Lungenkrankheit – Rippenfell-, Lungen- und Herzbeutel-entzündung – nahm zwei Jahre in Anspruch. Nach häuslicher Pflege und einem Sanatoriumsaufenthalt in Dorf-Kreuth in Oberbayern, wurde ich – auf Rat von Professor Sauerbruch – nach Agra bei Lugano in eine Spezialklinik verlegt. Bei der Entlassung – ich war 23 – sagte man mir, ich könne niemals richtig arbeiten. Erfreulicherweise erwies sich diese langfristige Diagnose als falsch. Mein strapaziöses und risikoreiches Berufsleben und die Bewältigung damit verbundener Anstrengungen über vierzig Jahre bewiesen das Gegenteil.

Diesen ausgedehnten und kostspieligen Sanatoriumsaufenthalt hätten meine Mutter und ich allein nicht leisten können. Tante Sascha Schlippenbach, Tochter des renommierten Bankhauses Metzler in Frankfurt am Main, veranlasste, dass neun wohlhabende Angehörige des weiteren Familienkreises die Kosten übernahmen. Sie taten es, weil sie mich inzwischen dank der Vermittlung meines Onkels Hans kennen gelernt hatten. Er, der jüngere Bruder meines Vaters, lebte – seit zwanzig Jahren verheiratet mit der Bankierswitwe Pepina Hansemann – in einem üppigen Tiergartenpalais in Berlin. Dorthin ließ er mich 1926 kommen und brachte mich daraufhin vor allem mit meiner ostpreußischen Verwandtschaft zusammen.

Ich war 19, als ich – um nur einige zu nennen – dort zum ersten Mal eingeladen war, bei den Grafen Dönhoff, Lehndorf, Dohna, Eulenburg und deren Familien. Ich gewann dadurch einen deutlichen Einblick in die – in den zwanziger Jahren – noch überaus breite Lebensweise des Feudaladels. Dazu folgende amüsante Episode: Ich wurde von Schloss Friedrichstein – von Schinkel, einem berühmten Architekten des 19. Jahrhunderts, erbaut und Dönhoffscher Besitz, Elternhaus meiner Cousine Marion Gräfin Dönhoff, [bis zu ihrem Tod 2002] Herausgeberin der größten deutschen Wochenzeitung, »Die Zeit« – nach Podangen gebracht. Hausherr Graf Gerti Kanitz war verheiratet mit einer meiner Cousinen, Niki, geborene Gräfin Thiele-Winkler, aus Oberschlesien. Ihre Großmutter, Jelka, war die Schwester meines Vaters.

Die Gastgeber erwarteten mich auf der Freitreppe ihres Schlosses. Sie machten lange Gesichter, als nicht der erwartete 60-jährige aus dem Auto stieg, sondern ein Junger. Sie hatten sich im »Gotha« vertan und damit gerechnet, dass einer der beiden Söhne meines Vaters aus erster Ehe, Wolfram oder Percy, die beide schon längst tot waren, kommen würde und nicht ein Sippen-Spätling wie ich.

Mein Vetter, Bogislav Graf Dönhoff, genannt Bogi, Sohn der jüngeren Schwester meines Vaters, war um die Mitte der zwanziger Jahre Legationsrat bei der deutschen Gesandtschaft in Wien. Ebenfalls durch meinen Onkel Hans erfuhr ich von seiner dortigen Existenz, allerdings mit der Bemerkung, es sei besser für mich, ihn zu meiden. Denn ich lerne dort einen Lebensstil kennen, der mir als vermögenslosem Studenten unerreichbar sein würde. Bogi empörte sich darüber, als ich ihm davon erzählte. Zwischen ihm und mir und auch seiner herzlichen Frau Nena, einer Argentinierin, entwickelte sich eine enge Freundschaft. So war ich einige Jahre darauf ständiger Sommergast auf der Dönhoffschen Familienstiftung, Quittainen, in Ostpreußen. Bogi wurde deren Kurator, als er – zuletzt Generalkonsul in Triest – Ende der zwanziger Jahre in Frühpension geschickt wurde.

Auch in Schönermark-Arendsee, dem Schlippenbachschen Majorat, war ich als »zweiter Agnat«-Anwärter, der Majoratsherr geworden wäre, hätte die andere Linie keine Söhne gehabt – 1926 zum ersten Mal. Dort lernte ich den um zwei Jahre älteren Majoratsherren, meinen Vetter Carl-Wilhelm und meine Cousine Maria, geborene Senfft v. Pilsach, seine Frau und deren vier Kinder kennen. Als ich in den dreißiger Jahren in Berlin lebte, war ich dort häufig und gern zu Gast.

Maria verlor durch die »Enteignung« alles, wurde von den Russen auf die Straße getrieben und hat mit bewundernswerter Tatkraft, als Beraterin von Pfaff's Nähmaschinen in Augsburg, arm und krank, ihre vier Kinder zu ebenso tatkräftigen Menschen erzogen.

Marias Rente war trotzdem so gering, dass die ebenfalls verarmte Verwandtschaft – zu der auch Luise und ich gehören – ihr über die schwerste Zeit hinweggeholfen haben, bis sie einen Lastenausgleich bekam, der es ihr ermöglichte, sich an das Haus ihres Schwiegersohnes, Professor Dr. Hartmut Freiherr von Wangenheim, Forscher in Jülich, anzubauen. Dort ist sie vor einigen Jahren gestorben, nachdem sie noch das Glück hatte zu erleben, dass trotz aller vom Staat gemachter Schwierigkeiten, ihr Sohn Christoph wieder einen kleinen Teil des ehemaligen Besitzes erwerben und pachten konnte.

Auf einem der beiden schlosseigenen Friedhöfe, die erhalten geblieben sind, ist sie in Heimaterde begraben worden. Ihr Sohn mit seinen Nachkommen hat jahrelang dort in Schönermark-Arendsee im Wohnwagen gelebt und mit seinen Söhnen versucht, Land-, Vieh- und Forstwirtschaft aufzubauen, als Kleinbauer in Gummistiefeln. Trotz ruinöser Auflagen, Widerständen und Schikanen, scheint die Familie wieder bescheiden Fuß gefasst zu haben. Christoph, der Erbe, hat inzwischen den weiteren Aufbau seinen Nachkommen übergeben und lebt seit einiger Zeit nun auch in Schweden.

Nach meinem Doktorexamen 1932 zerbrach ich mir den Kopf darüber, wie es weiter gehen solle. Es war die Zeit der großen Weltwirtschaftskrise mit europaweiter Arbeitslosigkeit. Als ich im Sommer 1933 wieder einmal bei Bogi Dönhoff in Ostpreußen war, ergab es sich dank seiner Verbindungen im diplomatischen Dienst, mir eine Empfehlung an das »Deutsche Nachrichten-Büro« (DNB), Berlin, zu vermitteln. Diese Institution war hervorgegangen aus den Agenturen, Wolfs Telegrafenbüro und der Telegrafenunion. Das DNB firmierte als staatseigene G.m.b.H. Die aufsichtsführende Behörde war das Reichspropagandaministerium. Darüber hinaus waren wir dem Auswärtigen Amt nachrichtendienstlich verpflichtet.

Im März 1934 erreichte mich dann in Wien die langersehnte Nachricht, ich möge mich dort in Berlin unverzüglich melden. In meiner dreimonatigen Probezeit als Volontär verdiente ich ganze 27.- RM monatlich netto. In dieser Zeit wohnte ich bei Namensverwandten aus der Freiherrlichen Linie, Paul Schlippenbach. Nach Ablauf meiner Probezeit behielt man mich und fragte nach meinen Gehaltsvorstellungen. Wiener Verhältnisse immer noch gewohnt und in Schillingen rechnend, verlangte ich zweihundert Reichsmark. Sofort wurde, erleichtert und erstaunt, diese Offerte akzeptiert. Am Zahltag darauf blieben mir davon nach Abzug der Steuern etwa 150.- RM.

Nach Ablauf eines Jahres kam ich in die Auslandsredaktion, wohl als Vorbereitung für meinen späteren Posten in Budapest. Der Unterschied zwischen In- und Auslandsredaktion war insofern nachhaltig, als die Nachrichten für den Inlandsgebrauch im nationalsozialistischen Sinne entgiftet werden mussten, für das Ausland aber glaubhaft sein sollten.

1937 – nachdem ich deutscher Staatsbürger geworden war – wurde ich nach Budapest als Chefredakteur mit Halbdiplomatenstatus vom »Deutschen Nachrichtenbüro«, Berlin, geschickt und war zuständig für Ungarn, bis weit in den Balkan hinein. Ein gewaltiger

Sprung nach vorn. Das gute Gehalt, in der Kaufkraft noch mehr gesteigert durch einen günstigen Umrechnungskurs und heute kaum vorstellbare niedrige Lebenshaltungskosten, insbesondere geringe Löhne, erlaubten mir einen Lebensstil, den sich heute und hier zu Lande wohl nur mehrfache Millionäre leisten können. Nach wenigen Monaten in einer Wohnung übersiedelte ich in eine geräumige Villa mit Garten auf dem Budapester Rosenhügel, am Westufer der Donau gelegen, mit herrlicher Aussicht auf die Stadt. Ich hatte einen Diener, ein Stubenmädchen, eine Köchin, eine Küchenhilfe und ein Hausmeisterehepaar, dazu ein Kindermädchen für meinen 1938 geborenen Sohn aus meiner ersten Ehe.

In Budapest waren die Auslandjournalisten faktisch in das diplomatische Corps integriert. Dementsprechend hatte ich regen informativ-geselligen Umgang nicht nur mit Chefredakteuren der führenden Budapester Zeitungen, sondern auch mit einigen maßgeblichen Parlamentariern, hohen Ministerialbeamten, vor allem mit denen des dortigen Außenministeriums und mit der Deutschen Gesandtschaft, deren Chef damals Otto von Erdmannsdorf war. Nur bei Großmächten wurden Botschafter akkreditiert. Die Botschafterinflation ist erst ein Produkt der nachkolonialen Ära, ab 1945.

Mein Büro war in meinem Haus. Mein Sekretär, Franz Andrasko, war Ungarn-Deutscher mit offenbar slowakischem Großvater. Morgens um halb sieben hatte mein Diener den Auftrag, mich mit dem Paket aller Morgenzeitungen zu wecken, die ein eigens dafür engagierter Radfahrer gebracht hatte. Ich beschränkte mich auf die Durchsicht der Kommentare und Leitartikel. Mein Sekretär rief mich auftragsgemäß um 20 Minuten nach sieben an. Hatte ich schon etwas zu diktieren, nahm er es im Stenogramm auf. Sein zweiter Anruf kam um fünf Minuten nach halb acht. Denn bereits um viertel vor acht wurde das Gespräch aus Berlin zu ihm geschaltet. Er diktierte dann aus seinem Stenogramm meine Presseauszüge in die »DNB«-Zentrale. Um zehn Uhr erschien Andrasko bei mir im Büro, um die schriftlichen Redaktionsarbeiten, umfangreiche Berichte und Informationen, die mit der Post gingen, mit mir zu erledigen. Etwa gegen Mittag waren wir mit alledem fertig. Anschließend fuhr ich meistens in eines der zahlreichen Thermalbäder.

Budapest ist mit siebzig Heiß- und einigen hundert Bitter- und Schwefelquellen die größte Bäderstadt der Welt.

Das ging nicht immer, hatte ich doch um diese Zeit auch berufliche Termine, war von Kollegen und Politikern eingeladen oder gab

Das Haus am Rosenhügel in Budapest

selber ein so genanntes Arbeitsessen. Gegen drei Uhr nachmittags fuhr ich nahezu täglich ins Café Hangli, um mit Auslandkollegen Nachrichten auszutauschen. In der Zeit zwischen dem Polenkrieg, in dem die Nazis Polen mit den Russen so »brüderlich« geteilt hatten und dem verhängnisvollen Überfall auf die Sowjetunion, kamen auch russische Kollegen dorthin.

Damals erschienen in Budapest um die acht Mittagszeitungen. Deren Auswertung hatte ich Sekretär Andrasko übertragen. Zu ihm wurde auch das Berliner Abonnement-Gespräch um halbdrei geschaltet. Danach machte er Pause. Gegen halb sechs Uhr etwa ging unsere Büro-Arbeit weiter. Ringsum wurden telefonische Nachrichten eingeholt, gegen acht Uhr abends wurden sie nach Berlin weitergegeben.

Die für deutsche Begriffe späte Arbeitszeit eines Auslandskorrespondenten erklärt sich aus den ministeriellen Gebräuchen der Ungarn. Vor allem im Außenamt dauerte die mittägliche Pause der leitenden Beamten etwa bis 17 Uhr. Daher konnte man auch keinen Politiker oder Ministerialen vor 21 Uhr abends einladen oder sich mit ihm verabreden. Anschließend wurde noch bis zwei oder drei Uhr in der Früh in einem Nachtlokal weitergetagt. Frack und Smoking waren sozusagen »Dienstanzug«. Auslandsreisen auf den Balkan – bis in die Türkei – gehörten zu meinen Aufgaben. Das Leben war anstrengend, aber interessant. Man sah hinter die Kulissen, etwas, das mich dazu bewogen hat, nach dem Zweiten Weltkrieg mich auf Politik nicht mehr einzulassen und Wirtschaftsredakteur zu werden.

Im Herbst 1943 erhielt ich die Einberufung nach Landsberg am Lech. Die Berliner »DNB«-Zentrale sorgte jedoch dafür, dass ich in Budapest als unentbehrlich »uk« gestellt wurde.

Der Krieg war verloren. Das wusste man spätestens um die Wende 1943/44. Der ausländische Kollegenkreis im Café Hangli schrumpfte mehr und mehr zusammen. Mit den Engländern und Franzosen konnte man nur noch über den Ober Nachrichten austauschen. Mit den Sowjets gab es nicht einmal mehr diese Kontaktmöglichkeit. Blieben nur noch die Italiener. Doch auch sie gingen im Herbst 1943 in das feindliche Lager über. Vorsorgliche Verlagerung wertvoller Möbel oder Bilder hätte die Gestapo als »Defätismus« mit allen bekannten Folgen geahndet. Also blieb man und machte weiter.

Weihnachtsabend 1944. Die bei uns einquartierten Offiziere kamen von der Front. Sie war auf Straßenbahnentfernung gelegen. Die Gans brutzelte im Rohr. Da wurde gemeldet, die Russen seien im Vormarsch auf das Zentrum der Stadt. Das war das Signal zum sofortigen Aufbruch. So schloss ich die Haustür hinter mir ab, ließ alles zurück bis auf wenige persönliche Habseligkeiten und einige haltbare Lebensmittel, setzte mich in mein Auto und kam wie durch ein Wunder durch, bevor die Umzingelung durch die Russen vollzogen war.

Abenteuerliche drei Monate folgten. Mit Hilfe eines fingierten Fahrbefehls vom Volkssturm, der inzwischen zuständig geworden war, weil Wien Ende März 1945 zur Festung erklärt wurde, gelang es mir, heil durchzukommen. Mein Auto war inzwischen ziemlich demoliert, die Bremsen funktionierten nur noch mangelhaft. Auf Schleichwegen ging es im Schneesturm am 6. April 1945 über den Pass Thurn nach Kitzbühl. Bei einem Bauern fand ich Unterschlupf, konnte aber bei ihm nicht bleiben, weil der Volkssturm hinter mir her war. Der rettende Zufall führte mir einen älteren Major zu, der einen Fahrer brauchte.

Frasdorf, der Ort mit dem spitzesten Turm zwischen München und Salzburg, wurde vorübergehend meine Heimat. Zunächst landete ich auf einer komfortablen Wochenend-Hütte am Waldesrand. An einem schönen Mai-Morgen hörte ich seltsame Geräusche. Amerikaner standen, Gewehre im Anschlag, vor dem Haus. Blitzschnell zog ich mich aus und trat, nur mit einer Badehose bekleidet, ihnen entgegen. Ein nackter Mann gegen so viele gesicherte Soldaten? Sie mussten lachen. Der Ort gefiel ihnen gut genug, um die Wochenenden dort zu verbringen, mit Eiscreme-Maschine und Mädchen. Meine Vorräte wuchsen beträchtlich. Ich konnte ohne Lebensmittelkarten auskommen.

Im Herbst zog ich von dort ins Tal, wohl ausgestattet mit reichlichem Mundvorrat aus amerikanischen Beständen. Bei der Stroh-Witwe eines Chaussee-Kratzers, der damals in automatischem Arrest saß, weil er Ortsgruppenleiter gewesen war, fand ich ein acht Quadratmeter kleines Zimmer mit Kochherd. An den Wänden stieg die Feuchtigkeit hoch. Um den Herd aber wurde ich beneidet.

Meinen Lebensunterhalt beschaffte ich mir durch Holzfällen, Raubfischen und Schwarzschlachten. Sonntags spielte ich mit meinem geretteten Akkordeon im »Café Alpenhof« zum Tanz auf. »Meister, spielen Se mir den Tango-Notturno!«, so ein DP. »Her mit der Wurscht!«, war meine Antwort, bevor ich begann.

Meine erste Familie hatte ich aus der »Ostzone«, wie Ostdeutschland damals hieß, nach Bayern geholt. Trotz der Scheidung 1946 habe ich sie immer wieder in diesen schweren Zeiten unterstützt. Ich handelte, auch mit Nähnadeln im Ruhrgebiet, und kaufte für sie Butter und andere notwendige Dinge. Meine diesbezüglichen Bemühungen und späteren Anstrengungen um Internatsbildung und Studium meines Sohnes, Alexander, die mir angesichts meiner Lungenkrankheit und der pekuniären Schwierigkeiten nach dem Krieg äußerst schwer fielen, würdigte mein Schwager, Franz v. Lepel, 1972 in einem Brief an mich ausdrücklich.

Ein Kollege verschaffte mir etwa zwei Jahre danach die Möglichkeit, als Pressereferent im Rahmen der Krupp-Verteidigung der Kriegsverbrecherprozesse nach Nürnberg zu gehen – ich war als »Mitläufer« eingestuft und hatte daher keine beruflichen Schwierigkeiten – wo das amerikanische Militär-Tribunal tagte. Bei der Witwe Knorz schlief ich zwischen Gummibaum und Klavier. Wegen des »Eingemachten« auf dem Schrank durfte nicht geheizt werden.

Als Pressemann war nach Lage der Dinge dort nicht viel zu machen. Immerhin brachte die Position den Vorteil, dass ich – am Militärgericht als Assistenzverteidiger akkreditiert – für damalige Notzeiten unschätzbare Benefizien genoss: Verpflegung in der Ami-Kantine, wöchentlich eine Stange Zigaretten und »Schwerstarbeiter-Lebensmittelkarten«.

Ende September 1948 fuhr ich nach Frankfurt, wo mein hilfsbereiter Kollege aus Budapester Zeiten, später namhafter Verleger, mir in demselben Haus, in dem er wohnte, ein Quartier besorgte. Wir führten eine »geniale« Wohngemeinschaft. Ich als »Schlafbursche« in der Wohnung über ihm, auf einem Sofa im Büro eines Ehepaares. Ich durfte nicht vor acht Uhr abends kommen und musste um sieben in der Früh wieder verschwunden sein. Tagsüber teilten wir uns sein Büro. Mit allerhand seltsamen Zeitungsbeiträgen hielten wir uns über Wasser. Ich arbeitete für die Steinfurth-Korrespondenz mit Sitz in Herford in Westfalen, jener Stadt, in der Luise zur Schule gegangen war. Doch wir kannten uns noch nicht.

Wenige Wochen darauf trafen wir uns in Höchst, in der Presseabteilung der »Verwaltung für Wirtschaft«. Es dauerte nicht lange, dass ich mich dazu entschloss, mit ihr ein neues Leben aufzubauen, überzeugt davon, dass unsere Begegnung nicht zufällig sei. Zwei Menschen aus unterschiedlichen Lebenskreisen, die sich brauchten, die sich unter anderen Umständen vermutlich niemals begegnet wären, trafen sich an diesem spätherbstlichen Mittag, um sich zu ergänzen, um nicht zu scheitern, genau in jenem Augenblick, als es für beide um die Zukunft ging.

Unsere Ehe wurde warm und glücklich und hat allen Anfechtungen standgehalten, nicht zuletzt auch denen, die sich aus der von mir eingeleiteten Scheidung von meiner ersten Frau nach 1946 ergaben, seelisch sowohl als auch pekuniär. Ich habe meinen Entschluss zum Neuanfang in den vielen Jahrzehnten unserer Gemeinsamkeit niemals bereut.

So weit Stefan.

Wirtschaftsjournalisten in Frankfurt, Bonn und Köln
1949–1966

Ich hatte die Verträge – wie ich schon erwähnte –, er das Können, das er mir nach und nach so beibrachte, wie es die verschiedenen Publikationsorgane, die wir bedienten, erforderten. Wir waren als Team gefragt, als wir 1949 in Frankfurt a.M. eine kleine eigene Wirtschaftspresse-Agentur aufmachten. Es galt als schon gut bezahlt, wenn man für eine gedruckte Zeile – nur sie wurde bezahlt – fünfzig Pfennig bekam. Um überleben zu können, auch noch mit familiären Verpflichtungen, musste man sich anstrengen.

»Wo ist die Küche?«, fragte Stefan meine Freundin Herta und mich, noch in der Tür stehend, als er bei uns seinen Antrittsbesuch machte. »Ich habe amerikanisches Kuchenmehl mitgebracht und möchte uns ein paar Palatschinken backen. So fing es an.

Die zwei Zimmer, die Herta und ich nebeneinander bewohnten, gehörten zu einer Fünf-Zimmer-Wohnung, die das Amt in Höchst für ihre Bediensteten beschlagnahmt hatte.

Ein Bad, *eine* Toilette und *eine* Küche mussten für alle reichen: ein Amtsratsehepaar, eine Sekretärin und für Herta und mich. Nur das Zimmer meiner Freundin hatte einen Ofen. War die Schiebetür zu, blieb es bei mir kalt.

Dafür aber hatte ich ein Telefon, eine Kostbarkeit zu dieser Zeit und ganz und gar nicht üblich. Es war die Basis für unser Büro, Voraussetzung, unseren Beruf ausüben zu können.

Stefan wohnte in Untermiete in Frankfurt und fuhr mit der Straßenbahn täglich hin und her.

Mein erster Auftrag von Alfons Montag, einem Bankangestellten, der sich als Autodidakt zum Leiter der Wirtschaftsredaktion der »Frankfurter Rundschau« heraufgearbeitet hatte, war der Bericht über eine Erhard-Rede im Frankfurter Rundfunksaal. Stenographieren habe ich trotz mancher Ansätze nie gelernt, war mir zuwider. So kritzelte ich in den etwa zwei Stunden zehn Seiten zusammen. Gegen 22.30 Uhr zog ich mich in ein leeres Redaktionsbüro zurück, um nun daraus zwei Seiten zu fabrizieren. Da stürmte Alfons Montag herein: »Kindchen, was machen Sie denn da? Wollen Sie sofort in die Maschine diktieren. In zehn Minuten läuft die Rotation an.« Ich diktierte mit rotem Kopf und zugeschnürter Kehle. Am nächsten Morgen stand das Ergebnis unter meinem Kürzel »tt« – ich hieß noch Butenuth – in der Zeitung.

Dr. Stefan Graf Schlippenbach, 1950

Keine Beanstandungen, geschafft. Nun kamen täglich Aufträge, bis ich selber anbot, keine Kommentare, dazu reichte es noch lange nicht. Eines morgens um sieben ging das Telefon: »Montag, wieso habe ich von Ihnen nicht jene Meldung, die mir von ›VWD‹ vorliegt? Bis zehn habe ich sie.« Der Hörer wurde aufgeknallt. Er hatte sie bis zehn. Ein anderes Mal beauftragte er mich mit einer Broschüre über den »gerechten Preis«. Ergebnis: Es gibt keinen »gerechten Preis«. Er fand die Arbeit gut. Irgendwo im Archiv wird sie vielleicht noch existieren.
Alfons Montags Strenge war der Ausweis seiner Zuneigung. Ähnlich Kollege Stefan. Nicht selten kamen Tränen, auf die er keinerlei Rücksicht nahm, wenn es z.b. um die Formulierung einer Meldung ging. »Noch einmal«, hieß es dann immer und immer wieder. Dabei kamen wir uns menschlich näher und näher. Unser gemeinsam verdientes Geld hoben wir in einer alten Käseglocke auf, die in einer Kommode untergebracht war und noch aus dem Bestand der ehemaligen Wohnungsbesitzer stammte. Wir hatten sie beim Ausräumen entdeckt. Eines Tages hatte sich das Geld im oberen Teil der Glocke verklemmt. Ich erinnere mich an unseren maßlosen Schrecken, bis es wieder gefunden wurde, war es doch unser Monatssalär, an dem auch die erste Familie Stefans partizipieren musste. Dazu stand hinter uns immer das Damoklesschwert, nicht versagen zu dürfen. Wir hatten kein soziales Netz, das uns aufgefangen hätte. Freiberufler und solche leitende Angestellte, die über der sehr niedrig bemessenen Beitragsbemessungsgrenze verdienten – bis 1957 endete sie für Angestellte bei jährlich 9000 DM – wurden bis 1972 nicht in die Sozialversicherung aufgenommen. Das ist heute viel zu wenig bekannt, wird sogar gelegentlich bestritten. Keine Renten-, keine Krankenversicherung, dazu die Familienverpflichtungen und der Zwang, allein für das Alter vorzusorgen, Arzt und Krankenhaus aus eigener Tasche zu bezahlen. Wer leitend oder freiberuflich tätig war, dies erreicht habe, sei auch in der Lage, so hieß es, die Verantwortung für die Wechselfälle des Lebens allein zu tragen. So durften wir nicht versagen, weder sachlich noch Stefans Krankheit wegen. Nicht nur wir, auch seine erste Familie, wären ruiniert gewesen.
Dazu im Vorgriff ein Erlebnis aus Bonner Zeiten. Es muss so Anfang der fünfziger Jahre gewesen sein. Ich bekam vor dem Einschlafen Erstickungsanfälle unter der Bewusstseinsschwelle. Der herbeigerufene Arzt stellte ermutigend fest: »Daran ist mir gerade gestern ein Abgeordneter abgekratzt.« Meine Vene, in die gespritzt werden

sollte, war nicht mehr zu finden. Nachdem es schließlich doch noch gelang, mir Strophantin, ein Herzmittel, zu verabreichen, saß ich am kommenden Morgen wieder am Schreibtisch und arbeitete.

Ein zweites Erlebnis aus dieser Zeit. Ich bekam heftige Schmerzen und musste in das Krankenhaus am Venusberg. Nach drei Tagen verließ ich es, obwohl der Chefarzt warnte, ich sei krank und könnte es auf Dauer ohne Behandlung bleiben. Das Zimmer kostete täglich 90.- DM. Die Arbeit war nur zu zweit zu bewältigen. Ich lebe immer noch.

Doch zurück nach Frankfurt.

Zwischen uns war die Bindung so stark geworden, dass Stefan Angst bekam, an seinen Ketten, die nicht mehr zu brechen waren, zerrte. Es kamen Kämpfe. Als ich einmal wieder allein und weinend in meinem Zimmer saß, schellte das Telefon. Es war Kuno Ockhardt, Erhards Pressesprecher, mein ehemaliger Chef. »Warum weinen Sie? Sie sind doch noch gar nicht Gräfin Schlippenbach!«

»Eben!«

»Kommen Sie sofort zu mir! Das ist ein Befehl.« Er wohnte um die Ecke. Als ich ankam, überreichte er mir eine Flasche Sekt, eingewickelt in rosa Krepppapier, den Hals umwunden mit einer schwarzen Trauerschleife. »Die trinken Sie mit meiner Sekretärin. Sie wird heute Nacht bei Ihnen schlafen.«

Als wir am 4.3.1950 in Bonn heirateten, bekamen wir von Kuno Ockhardt einen Brief, in dem unter anderem stand: »Ein Ergrauender sieht elegisch zu.« Er ist vor einigen Jahren in München gestorben.

Auch Leo Fürstenberg, stellvertretender Leiter der »Hauptabteilung Preis« aus Mindener Zeiten, der mir nach seinen Attacken versprach, mein Freund zu bleiben, reagierte, als er unsere Hochzeitsanzeige bekam. Er blieb unten an der Treppe stehen, küsste mir die Hand mit der Bemerkung: »Wie haben Sie denn das geschafft? Ganz so einfach war es doch wohl nicht?« Beide, Stefan und er, kannten sich aus Berlin und hatten gemeinsame Züge durch die Nachtlokale gemacht.

»Was haben Sie zu trinken?«

»Nichts.« Wir waren viel zu arm. Es ging um jeden Pfennig. Daraufhin verschwand er und kam bald darauf zu uns herauf, zwei Flaschen Steinhäger unter dem Arm. Sie wurden in wenigen Stunden geleert. Am nächsten Tag flog er als deutscher Botschafter nach Manila. Viel später traf ich ihn noch einmal in Köln auf der Straße. Er ist lange tot.

In Frankfurt zeichnete sich der Umzug der »Verwaltung für Wirt-

Heirat 4. März 1950

schaft« ab, als am 14. August 1949 die Erstwahlen zum Bundestag stattgefunden hatten, Theodor Heuss am 12. September Bundespräsident geworden war und Konrad Adenauer die Koalition aus CDU/CSU und FDP gebildet hatte. Das Amt, das nun nach Bonn-Duisdorf zog, wurde »Bundesministerium für Wirtschaft« und sein Direktor, Ludwig Erhard, Bundeswirtschaftsminister.

Der Verleger der »Frankfurter Rundschau« lud mich zum Abendessen in ein Restaurant ein. Er machte mir Komplimente über meine Arbeit und avisierte, ein Stuhl stehe schon für mich in der Bonner Redaktion bereit. Selbstverständlich müsse man auch für eine Wohnung sorgen und das Salär erhöhen. Danach sprach er von seinen privaten Verhältnissen, in einer Art, dass es mir an der Zeit erschien, ihn darüber aufzuklären, dass ich vermutlich bald heiraten werde. Als ich wenig später in Bonn ankam, war kein Sessel für mich frei, von einer Wohnung gar nicht zu reden.

Der Abdruck sank auf ein Drittel.

Noch in Frankfurt wurde uns klar, dass wir umziehen mussten, wenn wir unsere Kontakte und damit die Basis für unsere Arbeit nicht verlieren wollten.

Stefan machte in unserem Höchster Büro allein weiter, während mich jene Busfahrer, die die Umzüge der Angestellten des Amtes durchführten, für ein paar Zigaretten – sie kannten mich von früher – nach Bonn mitnahmen. Dort herrschte Trubel unter den Journalisten. Keiner gönnte dem anderen das »Schwarze unter den Nägeln«, ein Kampf ums Überleben tobte, hatten doch die Verlage vorsorglich ihre Verträge mit den Korrespondenten gekündigt. In Bonn sollte sich alles neu regeln. Intrigen waren die Folge. Kollegen versuchten, sich gegenseitig bei den Verlagen auszustechen. Es ging um die Akkredition, das heißt, um die Zulassung beim Parlament, zur täglich stattfindenden Bundespressekonferenz im Bundeshaus, zum Bundestag und den Bundestagsdrucksachen, die im Foyée des Bundeshauses auslagen. An alles das kam man nur dann heran, wenn man von einem renommierten Verlag als dessen Redaktionsvertreter nominiert war. Ich kämpfte mich durch dieses Chaos drei Tage lang mit R-Gesprächen, solchen, die vom Angerufenen angenommen werden, weil der Anrufer kein Geld hat, mit Milch, trockenen Brötchen und einer billigen Übernachtung. Schließlich gab mir »Die Welt«, Hamburg, das ersehnte Papier, für Stefan gleich mit. Von da an waren wir beide *die* Bonner Wirtschaftsredaktion für »Die Welt«, Hamburg, akkreditiert beim Parlament. Allerdings mit einer gefährlichen Auflage. Auch der ehemalige Leiter der Frankfurter

Redaktion der »Welt« hatte sich beworben. Mit ihm ließ man uns ein viertel Jahr lang parallel laufen, um den Besseren herauszufinden. Unser Team war gut. Wir ergänzten uns und hatten Verbindungen. Auch hatte es sich herumgesprochen, wer mein Mann in Budapest gewesen war. Alte Kollegen fanden sich ein. Wir gewannen. Unser Konkurrent, ein ehemaliger Beamter, kein Profi, unterlag. Es hat uns Leid getan, dass er uns unseren Sieg niemals verziehen hat. Doch das Hemd sitzt näher als der Rock. Wir und die geschiedene Familie *mussten* leben.

Als wir am 24. Februar 1950 in Bonn ankamen, standen wir – zwei Wochen vor unserer Hochzeit – in einem Hauseingang gegenüber dem Poppelsdorfer Schloss im Regen, mit zwei Koffern, kein Dach über dem Kopf, mit 140 DM in der Tasche als einziger Barschaft, einem Probevertrag der »Welt«, familiären Belastungen. Doch wir waren voller Hoffnung, neu beginnen zu können, glücklich überlebt und uns gefunden zu haben, mit der festen Absicht, es gemeinsam zu schaffen, gegen jede Ratio.

Die Bonner Atmosphäre war hektisch, von überwältigendem Zukunftsglauben und Aufbauwillen geprägt. Alles war von Optimismus erfüllt, Arbeit rund um die Uhr. Keiner zählte die Stunden, stand doch stets jemand hinter jedem, der darauf wartete, den Job zu allen Bedingungen zu übernehmen. Niemand besaß noch etwas. Jeder musste aus dem Nichts neu anfangen.

Die Palette des zu Berichtenden war breit. Man musste auswählen, sich spezialisieren. Kam man zu den Referenten, den Ministern, musste man eingelesen sein, um Fachgespräche führen zu können. Sonst wäre man sehr schnell wieder draußen gewesen. Man lernte quer lesen, etwas, das im Laufe der Zeit bei mir auch Kommentare möglich werden ließ.

Unsere Spezialgebiete waren Banken und Versicherungen, Preise, Löhne, die Erhardsche Politik, daneben Steuern, etwas Landwirtschaft, das Sparen, Kartellwesen und Soziales. Später kamen Messen hinzu und Bilanzberichte. Doch das war erst in der Zeit nach Bonn, ab 1955.

Das Aktienrecht wurde neu geregelt, das Kartellgesetz. Die Banken boten reizvolle Sparformen an, ebenso die Bausparkassen. Die Versicherungen boomten. Man wollte vorsorgen, lang entbehrte Sicherheit begründen, zumal der Staat satte Prämien und Steuervorteile als Anreiz bot. Das entsprach Erhardscher Wirtschaftspolitik: Wettbewerb, Sparen durch Konsumverzicht bei gleichzeitigem Aufbau, Wiederanschaffung des Notwendigen zu moderaten Preisen und

Löhnen, und damit Schaffung von Werten zum eigenen Wohlstand. Wer sich so verhielt, wurde staatlich unterstützt, belohnt durch weniger Steuern oder Prämien. Das Investment wurde geboren, um das Anlagerisiko zu mildern. Der Brotpreis spielte eine heute kaum mehr verständliche Rolle als Maßstab des Einpendelns von Preisen für unentbehrliche Güter.

Schon bald, in den fünfziger Jahren, wurde gebaut, Ferienwohnungen kamen auf, in der Hoffnung, damit könnten Familien billiger reisen. Und in der Tat, Grundstücks- und Baupreise, die Kredite, waren so günstig, teilweise niedriger als Wertpapierzinsen, sodass man diese zur Abzahlung und der Bedienung von Krediten nur weitergab und noch etwas übrig behielt.

Auf diesem Hintergrund heirateten wir in Bonn am 4. März 1950. Ich war 28, Stefan knapp 43 Jahre alt.

Inzwischen hatten wir ein unheizbares Zimmer bei einer Fotografin in der Nähe des Bonner Bahnhofes gefunden. Abends durften wir ihr Wohnzimmer mitbenutzen, tagsüber diente es als Fotoatelier. Sie lieh mir ihre Pelzstola für das Standesamt, ich trug sie über jenem braunen Kostüm, das mir mein Vater zur Hochzeit geschenkt hatte. Kirchlich konnten wir nicht heiraten, weil mein Mann geschieden war. Zwei Jahre nach seiner Scheidung 1946 hatten wir uns im Herbst 1948 kennen gelernt.

Beim Mittagessen in einem nahe gelegenen Restaurant gratulierte uns Rechtsanwalt Roland Risse, damals Leiter der Kartellabteilung im »Bundeswirtschaftsministerium«. Immer hatte er – auch schon vormittags – eine Flasche Kognak in seinem Schreibtisch zum Anbieten parat, seinen Vorzimmerdamen brachte er begehrte Modellkleider aus Paris mit, wenn er dort dienstlich zu tun hatte. Der Presse gegenüber war er recht zugeknöpft. So erinnere ich mich, dass ich einmal versuchte, ihn über Details des neuen Kartellgesetzes, als es vorbereitet wurde, zu befragen. Darauf antwortete er nicht. Doch dann: »Ich kann Ihnen etwas anvertrauen: Es ist etwas faul, das können Sie schreiben.«

Am Abend unseres Hochzeitstages kamen ein paar Freunde. Bei uns konnten wir nicht feiern, es war zu eng. So luden wir in *die* Bonner Bar ein. Dort kannte man uns schon. Der Erste, der uns auf dem Barhocker gratulierte, war Rüdiger von Wechmar, bekannter FDP-Abgeordneter und u.a. späterer UNO-Botschafter. Damals war er Kollege, Vertreter einer amerikanischen Agentur.

»Die Direktion erlaubt sich«, mit diesen Worten überreichte man mir einen Blumenstrauß. Das Licht wurde auf »Rot« geschaltet, ein

Tango intoniert, den wir allein tanzen mussten, mein Mann im Smoking, ich in einem langen blauen Kleid. Für eine Hochzeitsreise war kein Geld da. Am nächsten Morgen fing der Alltag wieder an. Er begann um sechs in der Früh. Kurz nach sieben fuhr mein Bus nach Bonn-Duisdorf, wo das Bundeswirtschaftsministerium domizilierte, bald darauf auch andere, z.b. das Landwirtschafts- und das Finanzministerium, soweit ich mich richtig erinnere und etliche mehr.

Ich hatte mit wenigen anderen das Privileg, von Tür zu Tür gehen zu können, durch jene Etagen und zu jenen Referenten, von denen ich wusste, dass es dort Interessantes gab. Anhand eines Büchleins, das ich wie einen Kalender führte, stand das Tagesprogramm fest. Veröffentlichen durfte man erst in gegenseitigem Einvernehmen mit den Experten. Ein Vertrauensbruch hätte zur Folge gehabt, die Informanten zu verlieren.

Wenn ich direkten Zugang hatte, der nicht verboten, doch auch nicht üblich war, so deshalb, weil ich die ehemaligen Kollegen kannte. Wir hatten miteinander gearbeitet, zusammen in der Kantine gegessen und mein früherer Chef, Kuno Ockhardt, Erhards Pressesprecher, drückte sämtliche Augen zu.

Nicht selten wartete ich zunächst im Vorzimmer eines Experten und rauchte eine Zigarette. Dauerte es mir zu lange, stürmte ich unangemeldet in das Büro:»Ich weiß, Sie haben wenig Zeit. Sobald Ihnen etwas für mich einfällt, sind Sie mich wieder los.«Sie ließen es sich nahezu immer schmunzelnd gefallen, weil wir uns eben kannten und zwischen uns ein humorvoll-burschikoser Ton üblich war.

Das ging so bis gegen Mittag. Irgendetwas brachte ich immer mit. Inzwischen waren wir umgezogen in eine gemütliche kleine Wohnung am»Venusberg«, etwa zwanzig Minuten vom Bundeshaus entfernt. An ein Auto war nicht zu denken. So ging mein Mann zu Fuß – während ich meine Züge durch die Ministerien machte – allmorgendlich in unser Büro. Es lag in einer der primitiven»Pressebaracken«, dem Bundeshaus gegenüber. Man musste nur die Straße überqueren, wenn man aus den Kästen im Foyée die Bundestagsdrucksachen herausholen wollte. Sich in sie einzulesen, auf die Bundespressekonferenz vorzubereiten, war die Vormittagsaufgabe meines Mannes, nebst Anrufen und Artikelvorbereitungen. Jeden Nachmittag in der Woche von 15 bis 16 Uhr fand im Bundeshaus eben diese Pressekonferenz statt, in der der Bundespressechef die neuesten Tagesthemen, die vom Parlament behandelt wurden, erläuterte.

Mittags ging Stefan wieder nach Hause. Wir trafen uns dort.

Während Stefan – er kochte immer für uns, es war sein Hobby – die Nudeln in den Topf warf, diktierte er mir in die Maschine. Er formulierte aus den von mir mitgebrachten News mehrere Varianten, die wir den Redaktionen, die wir bedienten, anboten. Jede Zeitung, jeder Informationsdienst hat einen anderen Stil, eine andere Leserschaft. Kaum fertig, klingelte das Telefon zum ersten Mal. Während einer Stunde etwa folgte in Serie ein Anruf dem anderen. So höre ich noch den Leiter der Wirtschaftsredaktion des »Mannheimer Morgen«: »Habe ich schon, na ja, fünf Zeilen.« Dafür die ganze Arbeit für 50 Pfennig je Zeile. Das Büro kostete horrende 150 DM damals. Glücklicherweise war es nicht immer so. Sonst hätten wir verhungern können. Dazu die Familie, später auch noch meine Mutter, die als Witwe nahezu unbemittelt zu uns kam, von uns leben musste. Mein Vater hatte nach dem Krieg nicht mehr in die Pensionskasse des »Ärztevereins« eingezahlt, in der Befürchtung, das Geld könne noch einmal wertlos werden. Er hatte zwei Inflationen erlebt.

So gegen drei Uhr nachmittags mussten wir wieder in unserem Büro sein, zur schon genannten Bundespressekonferenz. Mein Mann war der erfahrene Journalist. So nahm er sie wahr. Zehn Minuten vor vier raste er zurück über die Straße, in den ersten Stock der Baracke, wo die politische Redaktion der »Welt« untergebracht war mit einem Fernschreiber. Die Sekretärin fragte in Hamburg nach Zeilenzahl und Anschlägen an. Exakt nach diesen Vorgaben diktierte mein Mann aus seinen Notizen den »Kasten« in den Fernschreiber. Redigiert werden konnte nicht mehr. Um vier Uhr liefen in Hamburg die Rotationsmaschinen an. Hätte er sich geirrt, wäre der sofortige Rausschmiss sicher gewesen und wir ruiniert. Staatliches Auffangen, ein soziales Netz, gab es für uns nicht. Wir waren darüber hinaus so erzogen, dass man ein »Outcast« gewesen wäre, hätte man staatliche »Fürsorge«, wie die Sozialhilfe damals hieß, in Anspruch genommen.

Während dieser nachmittäglichen Stunden ergänzte ich unser Archiv, ohne das wir nicht hätten auskommen können. Hatte man einen »Aufhänger«, einen aktuellen Anlass und konnte auf vorangegangene Veröffentlichungen über dieses Thema zurückgreifen, wurde daraus eine gut zu verkaufende Meldung, ein Kommentar oder auch ein Bericht. Dazu machte ich telefonisch »Dates« für den nächsten Tag aus, las mich ein und bereitete – eben mit Hilfe des Archivs – Artikel vor.

Um zu überleben, arbeiteten wir nicht für »Die Welt« allein, wir bedienten einen ganzen Strauß freiberuflich, darunter mehrere Informationsdienste, z.B. den »Platow-Brief«, einen Informationsdienst für die Chefetagen, vor allem die der Banken. Er wird auch heute noch gerne gelesen. Von 1952 bis 1954 war ich die Bonner Alleinvertreterin für Dr. Platow, als er »Haus- und Auskunftsverbot« erhielt im Zusammenhang mit der »Lex Platow«, einem Gerichtsverfahren wegen des Verdachtes auf »Geheimnisbruch«. Es kam letztendlich nichts dabei heraus. Immer wieder wurde versucht, die Presse in ihrer Freiheit zu beschneiden.

In dieser Zeit brauchte Dr. Platow »einen von den Schlippenbachs«. Das war dann ich, weil ich einen ungewöhnlich guten Zutritt zu den Ministerien hatte. Meinen Informanten sagte ich die Wahrheit, für wen ich arbeitete. Die Berichte an Platow schickte ich etwas früher ab als die an die anderen Redaktionen, damit sein »Brief« nachrichtlichen Vorsprung hatte. So ging es gut. Dr. Robert Platow zahlte mir 1000 DM monatlich, damals viel Geld. Heute hat die Redaktion des »Platow-Briefes« ihren Sitz in Frankfurt am Main. Als dort vor kurzem sein fünfzigstes Jubiläum gefeiert wurde, hat man mich nicht eingeladen. Man hatte mich und meine damalige Rolle für die Redaktion vergessen, und sich auf meinen Protest entschuldigt.

»Die Welt« zahlte weniger großzügig. Als unsere Probezeit, in der sie uns – wie geschildert – mit dem ehemaligen Filialleiter aus Frankfurt hatte parallel laufen lassen, zu Ende war und wir das Feld erobert hatten, zahlte sie uns zusammen monatlich 1200 DM, reduzierte aber nicht lange darauf auf 1000 DM mit der Auflage, den Rest auf Zeilen hinzuzuverdienen. Und dies, obwohl uns der Leiter der Wirtschaftsredaktion in Hamburg, Helbig – schriftlich und mündlich – mitteilte, wir seien seine beste Wirtschaftsredaktion. Die Auftraggeber wechselten in diesen Jahren, innerhalb jenes Straußes von Publikationen, die wir bedienten. So verdienten wir zusammen etwa – mal mehr, mal weniger – 2500 DM im Monat. Davon zahlte mein Mann Unterhalt an seine geschiedene Familie, die Miete für unser Büro ging ab, Steuern, dazu die private Miete, kein Altersaufbau hinter uns, keine Krankenversicherung, kein Kündigungsschutz. Viel blieb nicht. Doch wir hatten großen Elan, haben über alles wenig nachgedacht. Es blieb ja auch kaum Zeit.

Nach der nachmittäglichen Arbeit begann die Kontaktpflege, ohne die es keine Informanten gegeben haben würde.

Man trug »New Look«, drei viertel lange Röcke, gebauscht über weißem Petticoat, Jäckchenkleider und Kostüme, geschweifte Ja-

Kanzler Adenauer empfängt am 5. Januar 1951 Bonner Pressevertreter zu seinem 75. Geburtstag.
Von rechts nach links: Adenauer, Alfred Schulze, Max Adenauer, Walter Henkels, Graf Schlippenbach, Egon Bahr (damals RIAS), Gräfin Schlippenbach, Luigi Morandi (Italien), Damgreen (Stockholm); Irnfried Freiherr von Wechmar (Vors. der Bundespressekonferenz und Vater des spät. Regierungssprechers), Werner Karsunki (verdeckt), Dr. Karl Lohmann, Max Schulze-Vorberg und Ludwig v. Danwitz
Aus: Walter Henkels, Die leisen Diener ihrer Herrn, Econ-Verlag 1985

cken, schmale Taille, betonten Busen, kleidsam. Ab siebzehn Uhr – wenn alle Kontakte begannen – galt das »kleine Schwarze« als chick, war als selbstverständlicher »Dienstanzug« nahezu vorgeschrieben. Schwarz am Abend war so »in«, dass Modeschöpfer Dior einmal formulierte: »Es gibt nur drei Modefarben: schwarz, black und noir.«

Kollege Appel – später bekannter Fernsehmann – lud in sein Büro zum Umtrunk. Man traf sich mit Referenten, Ministern, Kollegen im Restaurant im Keller des Bundeshauses. Namen fallen mir ein: Stoltenberg, Leber, Carlo Schmidt, Kiesinger, Schumacher, um nur einige Wenige zu nennen. Dazu die Empfänge und Pressekonferenzen bei Adenauer, Erhard, Strauß, in Botschaften – darunter der spanischen, schwedischen, bei dem damaligen französischen Botschafter, François Poncet, bei dem amerikanischen Hochkommissar Mc Cloy und vielen, vielen mehr. Wir kannten sie, sie kannten uns. Man diskutierte, nicht zuletzt und regelmäßig in der »Parlamentarischen Gesellschaft«, die sich im ersten Stock des Bundeshauses traf. Das war Prominenz aus Wirtschaft, Politik und Presse. »Hausfrau« dieser Veranstaltungen war Gräfin Werthern, die darüber auch ihre Erinnerungen veröffentlichte. Ein »Frühstück«, das ist in der Diplomatie das Mittagessen, beim spanischen Botschafter in seiner Residenz in Bad Godesberg ist mir lebhaft in Erinnerung. Kollegen brachten Blumen. Das war zu einem solchen »Dienst«-Anlass protokollarisch unpassend. Der Diener ließ sie diskret verschwinden. Mein Mann, Tischherr der Hausfrau, bildschön in schwarzem Samtkleid, einen schwarzen Knoten im Nacken, ich an der Seite des Botschafters, saßen sich beide Herren gegenüber. Einige Kollegen hatten zu Tisch Notizbücher mitgebracht, um bei dieser Gelegenheit den Botschafter zu interviewen, nach Protokoll ebenfalls unmöglich. So etwas geht nur nach Anmeldung im Büro. Um die Situation zu überspielen, unterhielten sich der Botschafter und mein Mann über die Zubereitung französischer Saucen.

Ein sommerlicher Nachmittag in Bad Godesberg. Hochkommissar Mc Cloy hatte zu einem Empfang in seinen Garten am Rhein gebeten. Mein Mann mochte es nicht, wenn man zusammen blieb bei einer Einladung. Er meinte, man wolle andere Menschen kennen lernen, sonst könne man zu Hause bleiben. So trennten wir uns auch dieses Mal beim Eingang. Jeder stand bei einer anderen Gruppe. Da kam Mr. Buttenwieser, der die Honneurs machte, mit der Gruppe, in der mein Mann stand, zu mir: »Darf ich Ihnen Graf Schlippenbach vorstellen?« Großes Gelächter. Alle wussten, dass wir seit Jahren verheiratet waren.

Man traf sich im Presseklub, lud politische Prominenz dazu ein, auch zu Vorträgen mit anschließenden Diskussionen auf intellektueller Ebene. Die Bonner Pressevertreter wurden von Politik und Wirtschaft geachtet und bevorzugt behandelt. Es ging einem gut, wenn man von namhaften Publikationsorganen nominiert worden war als deren Korrespondent beim Parlament.

So klein unsere Wohnung war, luden wir doch auch privat ein. Kurz vor Ladenschluss lief ich schnell um die Ecke zum Delikatesswarenhändler, räumte in Eile die Wohnung auf und hinein ins »kleine Schwarze«. Schon schellte es. Die Gäste waren da. Es wurde spät.

Am nächsten Morgen um sechs ging wieder der Wecker. Man

stand ständig unter Druck. Doch man dachte darüber nicht nach, genoss das spannende und interessante Leben.

Wir wurden zu Faschingsbällen eingeladen, bei denen nicht selten – mein Mann amüsierte sich darüber – Ehepaare Händchen haltend nebeneinander saßen.

Die Pressebälle. Der erste fand im Keller des Bundeshauses statt, später im Kurhaus Bad Neuenahr und noch später in der damals neu erbauten Bonner Beethovenhalle. Beim ersten gab es eine Modenschau bis Mitternacht. Danach wurde bis in den Morgen getanzt, mit mir Bundespressechef Böx noch um sieben Uhr, als die Putzfrauen mit dem Eimer in der Tür standen. Danach traf man sich mit Redakteuren – auch der Hamburger Zentrale der »Welt« – auf einem Rheinschiff zu Spiegelei und Mocca. Unter ihnen war auch Hans-Joachim Kausch, der Chef der Bonner politischen Redaktion. Zwei Söhne sieht man heute auf dem Bildschirm, einen als Schauspieler, z.b. als Arzt in der »Schwarzwaldklinik«, den anderen als Journalisten.

Man ließ die Ballkleider noch bei der Schneiderin nähen. Kaufen konnte man sie nicht so selbstverständlich in Warenhäusern wie heute, und wenn, zu teuer. An jenes Kleid, das meinem Mann so gut gefiel, erinnere ich mich: lilaroter Duchesse, ärmellos, die Schultern schräg angeschnitten, hochgeschlossen. Das schmale, lange Kleid, mit einem Schlitz bis zu den Knien, mit glitzerndem Strass und Perlen bestickt.

Marianne Koch tanzte neben uns. Hildegard Knef, jung, blond, attraktiv, fiel aus dem Rahmen. Sie kam in kurzem weißen Duchesse, dazu ein Mantel aus demselben Stoff, mit Nerz gefüttert. Eartha Kitt, die auch heute noch attraktive braune Sängerin aus Amerika, stand in einem hautengen, auch weißen Kleid, auf der Bühne und variierte den Song »C'est ci bon« mehrfach so, dass er frivoler nicht hätte klingen können. Die Männeraugen schmachteten. In der Garderobe wartete ihr Baby, das sie auf ihre Reisen mitnahm.

Ich kann mich noch an Berthold Beitz erinnern, den Generalbevollmächtigten von Krupp: »Erst die Baronin, dann die Gräfin«, meinte er zu seinen Tanzabsichten. Ich wartete nicht darauf, zumal mich mein ehemaliger Chef, Alfons Montag, von der »Frankfurter Rundschau«, der mit seiner Frau auch da war, aufgefordert hatte. Der linkskritische Schriftsteller Wolfgang Leonhard saß mit am Tisch.

Wir Journalisten, d.h. die in Bonn akkreditierten, bekamen Eintrittskarten ohne Schwierigkeiten. Nicht so Prominenz aus der

Wirtschaft und Künstler. Die Karten wurden gehandelt, waren heiß begehrt. Man wollte sehen und gesehen werden.

Den elegantesten Rahmen für Empfänge der Bundesregierung bildete die »Redoute« in Godesberg, ein ehemals bischöfliches Lustschlösschen, mit pfirsichfarbenen Seidengardinen dekoriert. Bei so manchem Auslandsempfang waren wir dabei. Wie schön waren doch die Asiatinnen mit ihren bunten Gewändern, leuchtend geschminkt, mit teurem Schmuck.

In diesen Räumen fand auch das herausragende Fest statt, das der Auslandspresse. Die Scheinwerfer schwirrten, als wir Gäste auf roten Läufern die Treppe hinaufstiegen. Erika Pappritz vom Protokoll des »Auswärtigen Amtes« – sie hat ein immer noch bekanntes »Benimm«-Buch geschrieben – hatte die Sitzordnung gemacht. Das Menü dauerte bis Mitternacht. Mein Tischherr war Lothar Rühl, später Staatssekretär im Bundesverteidigungsministerium. Damals war er Kollege. Die Tafel war in Hufeisenform gedeckt. An ihrer Kopfseite hatten nebeneinander Adenauer und François Poncet, französischer Botschafter, Platz genommen. Beide brillierten bei ihren Reden in der Sprache des anderen. Das diplomatische Corps war anwesend. Bis in den frühen Morgen wurde getanzt.

Ich erinnere mich an bekannte Namen der damaligen Bonner Szene: Dr. jur. Eberhard Günther, später Präsident des Bundeskartellamtes in Berlin, der zuvor Mitglied jener Kartellabteilung des Bundeswirtschaftsministeriums gewesen war, die Rechtsanwalt Roland Risse – von dem ich schon sprach – leitete.

Matthias Schmitt, vorübergehend, Anfang der fünfziger Jahre, Leiter des Außenhandelsausschusses im Bundeswirtschaftsministerium. Er war einer meiner wichtigsten Informanten und wurde Stefans und mein Freund, Vorstand der AEG, Professor, den sein Lehrer Professor Schmölders, später Rektor der Kölner Universität, besuchte, als wir als junge Referenten kurze Zeit im selben Büro saßen.

Von Haase, damals Pressesprecher des Auswärtigen Amtes, später Bundespressesprecher und Botschafter. Noch später spielte er eine große Rolle beim Rundfunk.

Johannes Gross, Kollege mit Karriere bei Presse, Rundfunk und Fernsehen, vor kurzem gestorben, Walter Henkels, von dem u.a. das Buch *Bonner Köpfe* stammt, Kollege in den Pressebaracken. Seinem Buch habe ich jenes Foto entnommen, das Stefan und mich inmitten von Kollegen zeigt, als Konrad Adenauer zu seinem 75. Geburtstag

1951 einen Presseempfang gab. Hinter mir steht dort Egon Bahr, damals Rias-Berlin. Dr. Muthesius, Verleger und Präsident des Bundes der Steuerzahler, den ich während meiner späteren »Agrippina«-Zeit noch einmal zum Essen mit meinem Chef wiedertraf. Dr. Alfred Rapp, Kollege, Korrespondent der »Frankfurter Allgemeinen«.

Man könnte das lange fortsetzen. Es gab auch schon Kolleginnen. Hier nur einige wenige: Dr. Ilse Brune, begabte Wirtschafts-Feuilletonistin, Fides Krause-Brewer, Spezialistin für Soziales, Stephane Roussel, erste Auslandskorrespondentin einer namhaften französischen Zeitung in Bonn, des »France Soir«, Julia Dingworth-Nusseck, Leitende Rundfunk- und Fernsehredakteurin und die Verwandte meines Mannes Dr. Marion Gräfin v. Dönhoff, »Die Zeit«, zuletzt als Herausgeberin.

Es war Anfang 1952 – bevor ich im Sommer die Vertretung des »Platow-Briefes« übernahm –, als es eine kurze Unterbrechung meiner journalistischen Tätigkeit gab. Ein Bekannter aus Frankfurt a.M. hatte dort eine Im- und Exportfirma gegründet und bot mir die Leitung seiner Bonner Filiale an, in erster Linie den Verkauf von Möbeln. Ich bekam 2.000 DM monatlich, 750 DM abzurechnende Spesen und Chauffeur Koch, dazu einen Mercedes Diesel als Dienstwagen. Zu einer solchen Offerte konnte man damals nicht »nein« sagen. So bezog ich in einem Neubau – in der Nähe des Bonner Bahnhofs – eine Etage, in der viele moderne Möbel – vor allem für Büros – ausgestellt waren. Wenn auch mein Umsatz stimmte, so war das in der Zentrale in Frankfurt anders. Das Unternehmen machte bald darauf Pleite. Statt der restlichen Gehälter bekam ich den Mercedes Diesel. Das war das Signal für unsere erste Reise, Ersatz für die 1950 ausgefallene Hochzeitsreise. Wir fuhren nach Kärnten, nach Velden an den Wörther See. Unser Gefährt fiel damals noch auf, in einer Zeit, als der Volkswagen üblich war. Unser Auto stand als einziger Mercedes auf dem Villacher Hauptplatz, als wir im »Hotel Post« übernachteten.

In Velden badeten wir, tanzten in der Bar vom »Schlosshotel« die Nächte durch. Neben uns Axel von Ambesser, bekannt als Schauspieler und Regisseur von Bühne, Film und Fernsehen. Immer wieder zog es Stefan in diese Region, den K.u.K.-Bereich, aus dem er stammte und dessen Mentalität ihm vertrauter war als die des Rheinlandes.

Danach ging unsere gemeinsame Pressearbeit in Bonn weiter.

Ein Jahr darauf begann »Die Welt« uns zu schikanieren, grundlos zu kritisieren. Die Agenturen waren besser geworden. Korrespondenten mit direkten Beziehungen in den Ministerien wurden zu teuer und zunehmend überflüssig, vor allem Outsider wie wir. Wenn schon, sollten Redakteure aus den eigenen Reihen die begehrten Bonner Posten besetzen. Wir zogen die Konsequenzen, um nicht das Gesicht zu verlieren. Stefan kündigte. Ich noch nicht. Ich machte bis 1954 allein weiter, weil mein Mann Chefredakteur eines Modeblattes wurde, des »Textil-Journals«, das auf Hochglanzpapier gedruckt, einmal monatlich vom Düsseldorfer »Buchholz-Verlag« herausgebracht wurde.

Die damals renommierte »Elegante Welt« erschien in demselben Verlag. In dieser Zeit wurde Stefans Laune immer schlechter. Er litt. Für einen heterogenen Mann ist Mode mit ihrem Umfeld schwer zu ertragen. Doch brachte seine Tätigkeit einige Vorteile: Ich konnte auf der Düsseldorfer Textil-Messe, der »IGEDO«, günstig einkaufen, und er lernte viel Werbung. Da das Blatt nur alle vier Wochen erschien, gab es freie Stunden, die er nützte. Er begleitete Anzeigenvertreter zu ihren Kunden und lernte viel über Verkaufstechnik.

In dieser Zeit begegnete er bekannten Modeschöpfern. Wir wurden regelmäßig zu ihren Modeschauen eingeladen. Susanne Erichson, bildschönes dunkelhaariges Mannequin, war weibliches Idol. Die Firma »Spiesshofer und Braun«, geläufiger unter dem Namen ihrer Produkte – »Triumph krönt die Figur« –, lud in das Hotel »Hilton« in Berlin ein, Journalisten der ganzen Welt. Die Flugtickets waren bezahlt, schwarze Limousinen holten die Gäste vom Flughafen ab, drei Tage lebten wir im Hotel à discretion, d.h. wir konnten alles bestellen, was uns schmeckte. Wurden frei gehalten. Ich erinnere mich an einen festlichen Nachmittag und Abend dort, zu dem auch Diplomaten aus Bonn mit einem Bus angereist kamen. Bei der Modenschau wurden die Korsetts, Badeanzüge und Wäsche noch sittsam mit pastellfarbigem Tüll umhüllt. Danach trat das Kammerorchester der Berliner Philharmonie auf, das Ballett der Tatjana Gsowski tanzte. Ein festliches Diner bei Kerzenschein folgte. Es war eine Einladung unter vielen ähnlichen.

Verleger Buchholz hatte den »Mantel«, d.h. die Rechte einer Zeitschrift für das »Ambulante Gewerbe«, für Schausteller und ähnliche Berufe, in Ostdeutschland gekauft, den des »Pössnecker Handelsblatt«. Außerdem wollte er eine neue Illustrierte für Frauen auf den Markt bringen. Er fragte mich, ob ich sie als Chefredakteurin übernehmen wolle, bot mir für letztere 1000 DM monatlich, für ersteres 450 DM. Ergänzen muss ich, dass mein Mann in seiner Probezeit als Chefredakteur des »Textil-Journals« ganze 800 DM verdiente und danach 1200 DM. Wer das heute liest, glaubt es nicht oder hält uns für Versager. Doch die Besoldung lag im üblichen Rahmen. Auch unsere Kollegen verdienten nicht mehr. Für heutige Begriffe und Ansprüche kaum vorstellbar.

Glücklich, Aussicht auf ein festes Einkommen zu haben, waren wir leichtsinnig genug, das Bonner Büro ganz aufzugeben und in Düsseldorf eine Wohnung in nobler Gegend zu mieten. Kaum waren wir umgezogen, erfuhr ich, dass aus der Illustrierten nichts werden könne. So blieb nur das »Pössnecker Handelsblatt«. Die Wohnung war zu teuer, wir mussten umziehen. Die neue lag bescheiden in der Talstraße, der verlängerten Königs-Allee, »Kö« genannt, in einem Haus, das ein Metzgermeister im Rahmen des »Sozialen Wohnungsbaus«, nach Paragraph 7c, wie diese Finanzierung hieß, errichtet hatte. Es gab keine Zentralheizung, nur Ofen.

Die Arbeit als Allein-Redakteurin des wieder aufzubauenden »Pössnecker Handelsblattes« habe ich nicht bereut, auch wenn sie anstrengend war. So musste ich alle Beiträge selber schreiben, die Fotos aus Archiven sammeln und auch die Werbeseiten gestalten. Das alles mit nur einer Mitarbeiterin und Sekretärin zu bewältigen, war nicht leicht.

Nach einem Jahr wurde »mein« »Pössnecker Handelsblatt« auf einer einschlägigen Tagung der Mitglieder unter drei Konkurrenzpublikationen zum »Fachorgan« gewählt.

Doch da machte Verleger Buchholz zu. Es fehlten 5000 DM an seinem Etat.

Was nun? Verdienen musste ich angesichts unserer Belastungen. Auch hatten wir immer noch keinen Pfennig auf der »hohen Kante«, keinerlei Rückstellung für Alter und Krankheit. Mein Mann war inzwischen 47 Jahre alt geworden. Die Zeit drängte.

Der Verlag verlor mit den Jahren alles. Es war abzusehen, wie lange das »Textil-Journal« noch herauskommen würde. Mein Mann wurde immer schlechter gelaunt.

Ein kleines Erlebnis am Rande. Alexander, Sohn meines Mannes aus erster Ehe, sollte uns in den Internatsferien besuchen. Damit er eine verbilligte Fahrkarte bekam, ging ich zur Polizei, um die dazu nötige Unterlage stempeln zu lassen. Beiläufig fragte ich nach der Adresse meiner väterlichen Großmutter, von der er mit sieben Jahren – wie ich erzählte – gerichtlich getrennt worden war. Dies in der Annahme, sie sei längst tot.

»Die wohnt um die Ecke«, wurde mir mitgeteilt. Ich ging spontan zu dieser Adresse, ihre Tochter, eines ihrer fünf Kinder aus zweiter Ehe, machte die Tür auf und bereitete ihre Mutter – sie war inzwischen 96 Jahre alt – vorsichtig auf die Überraschung vor. Mutter und Sohn wurden von uns noch einmal zusammengebracht. Es ging nicht, sie hatten sich nichts mehr zu sagen. Die »Stimme des Blutes« hat wohl nicht jene Bedeutung, die man ihr so gerne zumisst. Beide sind 1967, kurz nacheinander, gestorben.

Eine Wirtschaftsprüfergesellschaft in Düsseldorf war mein nächster Arbeitgeber. Man engagierte mich neben zwei Kollegen als »Berichtskritiker«, eine schwere Klausur-Arbeit, die ausgebildeten Wirtschaftsprüfern vorbehalten bleiben sollte. Doch man wollte sparen, junge Diplomkaufleute diese letzten Prüfungen der teuren Berichte vor ihrer Herausgabe an den Auftraggeber verantwortlich machen lassen. Das bedeutete acht Stunden Klausur. Dafür betrug mein Gehalt 600 DM.

In einer Anzeige der »Frankfurter Allgemeinen Zeitung« wurde für eine Wochenzeitung ein Wirtschaftsredakteur gesucht. Ich be-

Pressekonferenz um 1955 in Bonn
Erster von rechts: Minister Ludwig Erhard;
Zweiter von links: Dr. Stefan Graf Schlippenbach,
Leiter der Wirtschaftsredaktion des »Rheinischen Merkur«

reitete die Unterlagen vor und legte sie meinem miserabel gelaunten Ehemann zur Unterschrift vor. Er unterzeichnete missmutig und vergaß die Sache.

Als wir kurz darauf von einem Spaziergang zurückkamen, schellte das Telefon: »Sind Sie Anhänger der Erhardschen Wirtschaftspolitik? Fahren Sie Auto? Sind Sie evangelisch?« Als alle drei Fragen mit »Ja« beantwortet wurden, atmete Direktor Kaufmann am anderen Ende der Leitung hörbar auf. So wurde Stefan Leiter der Wirtschaftsredaktion des »Rheinischen Merkurs«, Redaktion in Köln, Verlag in Koblenz.

Die nach der »Zeit« zweitgrößte Wochenzeitung der Bundesrepublik wollte und will auch heute noch ökumenisch wirken. Daher sollte der Wirtschaftsredakteur, der ideologisch am wenigsten schaden kann, zum Proporz evangelisch sein. Unter achtzig Kollegen, die alle wussten, welche Zeitung sich hinter der Anzeige verbarg, hatte man meinen Mann ausgesucht. Seine Wahl war Toni Böhm zu verdanken, einem leitenden politischen Redakteur des Blattes, der Stefan schon aus Budapester Zeiten kannte. Die enttäuschten Kollegen, die um den begehrten Posten gekommen waren, wurden gehässig. Sie schrieben dem Verlag, Stefan könne gar nicht schreiben. Das täte ich für ihn. Toni Böhm aber kannte meinen Mann besser und lachte darüber. Nach Vertragsabschluss und einer ersten Besprechung mit dem Direktor des Koblenzer Verlags, brachte Stefan zur Feier des Tages eine teure, im Zug erstandene Flasche Sekt mit nach Hause.

Am nächsten Morgen warf ich meine verhasste Tätigkeit in der Wirtschaftsprüfungsgesellschaft in Düsseldorf hin. Wir zogen nach Köln.

Der Verlag bot uns eine Wohnung mit nobler Adresse in der Kölner Innenstadt und wollte zur Miete zuschießen. Ich aber legte mich quer, hatte ich doch noch die öde Talstraße zu gut in Erinnerung. Ich wollte Grün. Außerdem musste endlich gespart werden. Wir mussten also wieder einmal billig wohnen.

Stefan verdiente – bei Kollegen der »seriösen« Presse sah es ähnlich aus – beim »Rheinischen Merkur« als Ressortleiter 1955 bis 1958 einschließlich 1500 DM brutto pro Monat. Davon gingen Steuern und der Beitrag zum »Presseversorgungswerk« ab. Von dem, was ihm übrig blieb, so etwa 1100 bis 1200 DM, zahlte er seiner geschiedenen Frau und der Tochter 450 DM und für Sohn Alexander, der damals in Stein an der Traun im Internat war, 250 DM. Als er später in Köln studierte – davon erzähle ich noch – kamen Studiengebühren und ein Zimmer, das er in Untermiete bewohnte, hinzu. Zusammen waren das etwa zwischen 800 und 900 DM monatlich von höchsten 1 200 DM Netto-Gehalt. Vom Rest hätte Stefan alleine nicht leben können oder seine Familie hätte noch weniger bekommen. Verpflichtet war er zur Höhe dieser Leistung gesetzlich nicht. Er unterwarf sich diesem Opfer freiwillig, auch wenn es von der ersten Familie nicht anerkannt, ihm nicht gelohnt wurde.

Der Aufbau der Altersvorsorge, die über die des »Presseversorgungswerks« hinausging, die Abzahlung des Hauses und der größte Teil der Haushaltskosten waren meine Sache. Nicht aber, wie man in der ersten Familie über Jahre meinte und verbreitete, darüber hinaus die geschiedene Familie zu unterstützen. Als »unschuldige« dritte Frau war ich zu gar nichts verpflichtet. Deshalb entschlossen wir uns auch schon sehr bald, notarielle Gütertrennung zu vereinbaren, bevor ich mich an unseren materiellen Aufbau machte.

Nicht jeder Posten war an das »Presseversorgungswerk« angeschlossen, die Standesversicherung für angestellte Redakteure. So war es ein glücklicher Zufall für uns, dass dies für den »Rheinischer Merkur« zutraf. Auch wenn wir wussten, dass diese Altersversorgung in keiner Weise ausreichen würde. Eine private Vorsorge musste sie ergänzen.

In Widdersdorf bei Köln sollten wir eine Wohnung besichtigen. Der Ort, damals noch nicht eingemeindet, liegt neun Kilometer vom Hauptbahnhof entfernt, neben Bocklemünd, das heute bekannt ist für umfangreiche ARD-Ateliers, die noch in den Anfängen steckten, mitten in weiten Feldern. Die »Alte Sandkaul« war ein schlammiger Weg, in dem unser Auto fast stecken geblieben wäre. Das »Nebensiedlerhaus« war noch unbeworfen. Der Balkon, der zu unserer Wohnung im ersten Stock gehörte, fehlte. Man trat ins Freie, wenn man nicht aufpasste. Die Wohnung, sechzig Quadratmeter klein, hatte wieder nur Ofenheizung, war schräg. Durch das Dach tropfte es auf unseren rustikalen Tisch. Wir hatten bescheiden angefangen, »Möbel aus der Zeit«, von denen mein Mann etwas verstand, zu sammeln. Damals konnte man noch Schnäppchen finden. Heute sind diese Möbel kostbar.

Unser Hauswirt, der in Ostpreußen Schweinemeister bei Verwandten meines Mannes auf deren Gütern gewesen war, machte eine neue Zucht auf, deren penetrante Düfte sich bis zu unserem Schlafzimmer heraufzogen, vor allem in lauen Sommernächten. Die niedrige Miete jedoch – die Wohnung kostete nur 100 DM – ließ uns trotzdem zugreifen.

Unsere Nachbarn, ein junges Ehepaar, er ein ungelernter, lungenkranker Bauarbeiter und sie ein ehemaliges Dienstmädchen, hatten sich in Eigenarbeit ein Haus gebaut. Sie sah ich täglich im Garten herumwerkeln, Gummistiefel an den Füßen, putzen. Da putzte auch ich selber. Der Lohn für eine Hilfe konnte gespart werden. Meine Nachbarin, die trotz ihrer vielen Arbeit und zwei Kindern ihrem Mann beim Parkettlegen half, war mir ein Beispiel. Nie klagte sie über »Anstrengung« oder »zu viel Arbeit«. Immer blieb sie vergnügt und freundlich. Es fällt mir daher heute schwer, stets von Stress zu hören.

Meine Versuche, mich auf den Diplomkaufmann, weg von der Presse, zu besinnen, waren erfolglos. Ob bei Verbänden oder Banken, wurde mir gesagt: »Um Ihre Zeugnisse würde Sie so mancher Mann beneiden. Sie sind aber eine Frau, da kommt eine leitende Position nicht in Frage.«

Enttäuscht widmete ich unser Wohnzimmer zum Büro mit Archiv um und begann, als Freie Wirtschaftsredakteurin für jene Zeitungen zu arbeiten, denen ich aus Bonn bekannt war. Dazu kamen die beiden großen Kölner Tageszeitungen, »Die Zeit«, die »Lübecker Nachrichten«, der »Münchner Merkur«, die »WAZ«, die »Ruhr-Nachrichten«, um nur einige zu nennen, ein ganzer Strauß. Daneben verkaufte ich telefonisch »Treueprämienversicherungen« für die Allianz. Das Geschäft ging nicht schlecht. Mein Einkommen entsprach nahezu dem meines Mannes.

Auf einem Spaziergang erklärte ich ihm eines Tages: »Ich werde uns ein Haus bauen.« Er lachte: »Nie werden wir ein Haus haben! Wovon denn?«

In den drei Jahren von 1955 bis 1958 gelang es mir – mein Mann mischte sich, wie ich schon erzählte, nicht in unsere Finanzen, sie zu verwalten, überließ er ganz und gar mir –, 15 000 DM zu sparen, teilweise mit Hilfe einer Bausparkasse. 1958 war es dann so weit. Wir konnten ein unweit gelegenes Grundstück von 800 Quadratmetern kaufen, für 6 DM/m². Das Haus kostete 80 000 DM, bei einer Abzahlung auf 15 Jahre 350 DM pro Monat, wie eine damals teure Miete. Mein Mann wollte nicht, hatte Angst angesichts unserer kargen Einkünfte und großen Belastungen. So ließ er mich aus Protest mit den Arbeitern beim Richtfest allein und fuhr in sein Büro. Bei meinen späteren Bauvorhaben änderte sich das. Er machte mit.

Um abzahlen zu können, hatten wir ein Appartement mit einem zweiten Bad eingebaut und vermieteten für 150 DM pro Monat. Den Rest deckte ich aus meinen Revenuen. Mein Mann, der achtzig Prozent seines Einkommens seiner ersten Familie freiwillig abgab, als sein Sohn zu studieren begann, hätte dies nicht aufbringen können.

Artikel aus der »ZEIT« vom 15.5.1958

Plädoyer für die berufstätige Frau

»Von der Emanzipation kommt nur Unglück«, empörte sich eine Bekannte, als es kürzlich im Gespräch um die Berufstätigkeit der Frau ging. Es schieden sich die Geister. Die Atmosphäre begann zu knistern. Hart standen sich zwei Meinungen gegenüber.

Die Frau gehört ins Haus. Das »Familienoberhaupt« hat den Lebensunterhalt zu bestreiten. Und da der, der zahlt, am meisten zu sagen hat, ergab es sich von selbst, daß der Vater das letzte Wort sprach. Die Mutter hatte mit dem Haushaltsgeld auszukommen. Darüber hinaus interessierten sie wirtschaftliche oder andere Dinge des öffentlichen Geschehens wenig oder gar nicht. Dies gehörte sogar zum guten Ton. Wenn die Frau des Hauses aber trotzdem einmal gezwungen war, Geld zu verdienen, so warf das ein denkbar schlechtes Licht auf das Ansehen ihres Angetrauten. Einen Beruf zu ergreifen, galt für die Frau als shocking. Daß es ihr vielleicht aber Spaß gemacht haben würde, darauf kam niemand.

Nun, die Zeiten, in denen dies die natürliche Ordnung schien, sind vorbei. Trotzdem sind deren Anhänger auch heute noch zahlreich. Man findet sie keineswegs nur unter den Männern. Wie sonst wäre die gar nicht so seltene Frage zu verstehen: »Warum arbeiten Sie denn noch? Sie sind doch verheiratet?«

Mit einem Wort, die Emanzipation der Frauen hat auch heute noch zahlreiche und gewichtige Gegner. Werden sie die Entwicklung aufhalten können? Sind ihre Argumente stichhaltig genug?

Heute ist jeder dritte Arbeitnehmer in der Bundesrepublik eine Frau. Das sind etwa 35 v.H. aller Frauen im erwerbsfähigen Alter. Wenigstens jede dritte von ihnen ist verheiratet. Die Hälfte der Verheirateten wiederum sind Mütter von Kindern unter 15 Jahren. Hinzu kommen noch 2,8 Millionen Frauen, die selbständig oder als mithelfende Familienangehörige im eigenen Betrieb tätig sind.

Wo und wie arbeiten nun diese Frauen? Die meisten sind Angestellte. Allein die westdeutsche Industrie beschäftigt heute nahezu doppelt so viele weibliche Angestellte wie 1950. Im Handel, bei den Banken und den Versicherungen sieht es ähnlich aus. Viele Frauen sind auch Arbeiterinnen geworden. So beschäftigen unsere Industriebetriebe zur Zeit um 60 v.H. mehr Arbeiterinnen als noch vor sieben Jahren.

Frauen sind – sei es in ganztägiger oder in Teilzeitarbeit – in abhängigen Stellungen überall dort gerne gesehen, wo sich ihr Ehrgeiz auf Routinearbeit beschränkt. Höher aufzusteigen scheitert vielfach entweder an noch ungenügender eigener Vorbildung oder auch an traditionellen Vorurteilen, die noch viele Männer der Frau als Kollegin entgegenbringen. Unter den höheren Bundesbeamten sind daher heute nicht mehr als 1 v.H. Frauen. Nur 2 v.H. aller westdeutschen Richter sind weiblichen Geschlechts. Auch der Anteil der Frauen an den technischen Angestelltenberufen beschränkt sich auf ganze 9 v.H.

Schon diese wenigen Beispiele könnten den Voreiligen auf den Gedanken bringen, die Frau sei eben nicht zu »Höherem berufen«. Wie aber soll sich ein solcher Schluß mit der Tatsache reimen, daß sich die Frauen der westlichen Welt – diese Entwicklung nämlich ist eine internationale und keineswegs auf die Bundesrepublik beschränkt – in erheblichem Umfang in den *freien* Berufen durchzusetzen beginnen? Hier machen bereits viele als Ärztinnen, Rechtsanwältinnen, als Steuerberaterinnen, als Handwerkerinnen und als selbständige Geschäftsfrauen im Handel – um nur einige wenige Beispiele zu nennen – ihren männlichen Kollegen ernsthafte Konkurrenz. Daß es nicht unbedingt ein Zeichen minderer Intelligenz sein muß, im freien Beruf Karriere zu machen, sei nur am Rande vermerkt.

Wenn auch die beruflichen Aufstiegsmöglichkeiten der Frauen noch beschränkt sind, der Anteil des weiblichen Geschlechtes an der Gesamtzahl des akademischen Nachwuchses ist trotzdem nicht unerheblich. So hat sich bei uns beispielsweise die Zahl der Jurastudentinnen seit 1950 nahezu verdoppelt. Die Hälte aller Studenten, die sich den Kultur- und Sprachwissenschaften widmen, sind weiblichen Geschlechtes. Wie weltweit diese Entwicklung – wenn auch unter den verschiedensten politischen Vorzeichen – ist, mag ein Blick auf die russischen Universitäten zeigen. Dort nämlich sind bereits mehr als die Hälfte aller Studenten und – was uns ungewöhnlich erscheinen mag – jeder dritte Studierende an den technischen Hochschulen weiblichen Geschlechtes. Immerhin sind auch schon in Amerika 35 v.H. der Studenten aller Fakultäten Frauen.

Sicher spielen hier finanzielle Gründe eine Rolle. Um so verständlicher, als insbesondere bei uns sich die Erkenntnis durchzusetzen beginnt, daß berufliches Können auch für die Frauen die krisenfesteste Lebensversicherung zu werden verspricht. Es wäre aber oberflächlich und leichtfertig zugleich, wollte man den überall zu beobachtenden Drang der Frauen in den Beruf allein mit materiellen Gesichtspunkten erklären.

Eine Schwedin, eine Frau aus durchaus wohlsituierten Kreisen, hat jüngst darüber geschrieben. Sie meint, viele ihrer Landmänninen aus eben denselben oder ähnlichen Kreisen fühlten sich in den »goldenen Käfigen« ihrer wohldurchtechnisierten Wohnungen derart unausgefüllt, daß ihnen eine berufliche Tätigkeit willkommener Ausweg aus der Isolation der eigenen vier Wände bedeute. Gewiss, dies lässt sich nicht verallgemeinern. Wir haben in unserem Land immer noch mit den kleinen Dingen des täglichen Lebens zu kämpfen. Wir sind offensichtlich noch nicht so technisiert. Trotzdem ist eine Menge dran.

Mit der Industrialisierung verlagerte sich der Beruf des Mannes immer mehr nach außerhalb. Die Verbindung zwischen Familie und Beruf wurde ständig lockerer. Der Mann schuf sich seine eigene Welt. Zu ihr hat die Frau kaum Zutritt. Das hinterläßt eine empfindliche Lücke. Sie möchte nicht isoliert leben. Der Haushalt, der dank technischer Hilfsmittel und geringerer Größe immer leichter wird, ist kein Ausgleich. Was Wunder, daß die Frauen langsam, aber mit der ihnen eigenen Anpassungsfähigkeit beginnen, in die Welt der Männer vorzudringen. Sie werden berufstätig. Eine Bresche wurde bereits geschlagen. Aber das weibliche Ziel, wieder gleichberechtigte Partnerin der Männer zu sein – die Frauen waren dies nämlich schon einmal zu Großmutters Zeiten, als sie noch großen Familien und Häusern vorstanden –, ist noch lange nicht erreicht. Denn die Männer betrachten das, was da aus den weiblichen Reihen auf sie zukommt und ihren gewohnten Lebensrhythmus zu bedrohen scheint, äußerst skeptisch. Sie leisten sozusagen passiven Widerstand. Vorerst wenigstens sind sie, was die weibliche Berufs-Karriere anbetrifft, konservativer als der Gesetzgeber der Hausfrau und Mutter gegenüber. Er erkannte die Zeichen der Zeit und modernisierte das Eherecht.

Über alledem sollte man allerdings nicht vergessen, daß aus Frauen normalerweise Mütter werden. Kinder aber brauchen ihre Mutter. Die Freude an ihnen dürfte es wohl den meisten Frauen leicht machen, für eine gewisse Zeit, während der Entwicklungsjahre ihrer Kinder nämlich, auf eine berufliche Tätigkeit außer Haus zu verzichten. Hart ist es, wenn die Not sie treibt, auch dann verdienen zu müssen.

Man sollte aber das nicht außer acht lassen: die Kinder beanspruchen auf keinen Fall alle die Jahre einer Frau, in denen sie berufsfähig und berufslustig ist. Warum also verlangen die Kritiker von ihr, sie solle – auch wenn sie selber mehr möchte – sich mit der Rolle des »Heimchens am Herd« begnügen? Psychologisch bekommt es der Familie gewiß nicht schlecht, wenn auch die Mutter »ihren Mann« im Leben steht. Warum überhaupt die Alternative Haushalt oder Beruf? Mit Lust und Liebe zur Sache läßt sich dieses Problem in den meisten Fällen individuell lösen und meistern. Letzten Endes ist es eine ganz persönliche Frage, ob sich eine Frau allein darauf beschränkt, Hausfrau zu sein, oder ob sie sich entschließt, darüber hinaus auch noch einen anderweitigen Beruf auszuüben. Beschreitet sie den zweiten Weg, so sollte man ihr aber – und dies ist eine Bitte an die Herren der Schöpfung – eine echte Chance geben, sich über die Dienerin hinaus mehr als bisher zur beruflichen Partnerin des Mannes emporschwingen zu können, ohne veralteten Vorurteilen zu begegnen. Und was das Unweibliche am Beruf anbetrifft: sind die Frauen heute, da sie so zahlreich in den Beruf drängen, etwa weniger reizvoll als früher?

Luise de Laporte [= Dr. Luise Gräfin Schlippenbach]

Neben der Abzahlung des Hauses begann ich zu sparen. Aus kleinsten Beträgen wurden mit der Zeit Wertpapiere. Ohne eine strenge Haushaltsplanung wäre es nicht dazu gekommen. Die Jahreseinnahmen wurden voraus geschätzt. Die Ausgaben ebenso und in Einzelpositionen aufgeteilt, die nicht zu überschreiten waren, der Gürtel unseres täglichen Lebens eng geschnallt. Der Friseur war zu teuer, Kleider wurden nur aus »Sonderangeboten« gekauft, die Haushaltsausgaben auf das Notwendigste beschränkt. Es wurden Essenspläne für die Familie, zu der unsere alte Köchin ebenso gehörte wie Stefans Sohn, als er in Köln studierte und unsere Mutter, erstellt. Es schmeckte trotzdem.

So wuchs aus bescheidenen Anfängen ein pekuniärer Hintergrund. Die Malerarbeiten im Haus, soweit es sich um Reparaturen handelte, übernahm ich selber. So erinnere ich mich an Fassadenanstriche, an das Ausmalen eines Badezimmers in abenteuerlichem »Outfit«, an das Lackieren weißer Türen und an einen Morgen im Sommer, als wir den Wecker auf vier Uhr gestellt hatten. Wir malten gemeinsam den Boden unserer 32 Quadratmeter großen Terrasse im ersten Stock mit grauer, wasserbeständiger Farbe, bevor die Sonne kam und es zu heiß geworden wäre. Manchmal wurde uns übel von der giftigen Ausdünstung. Im Herbst, bevor der Bau begann, pflanzten wir im Regen unsere Weißdornhecke. Mein Mann schnitt sie später regelmäßig, ich den 400 Quadratmeter umfassenden Rasen zwei Mal die Woche mit einem Handmäher, bis er zu unserer Freude einem englischen zu ähneln begann. Das Haus war bestanden mit roten Rosen, der Garten wurde von Jahr zu Jahr schöner. Wir hatten endlich ein Zuhause, sofern wir zu Hause waren. Unser Beruf erforderte vielfältige Reisen, zeitweise nahezu die ganze Woche.

In den ersten Jahren vermieteten wir das Appartement im ersten Stock an einen Oberstleutnant, danach an einen amharischen Prinzen. Kakaofarben, schmal, groß, mit kultivierten Händen. Er sprach einwandfreies Deutsch mit sonorer Stimme, hatte Manieren. Blau stand ihm besonders gut. Er zeigte uns ein Empfehlungsschreiben des damals noch amtierenden Kaisers von Äthiopien, Haile Selassie. Oft erzählte er Geschichten aus seinem Land und zeigte uns Dias aus seiner Heimat.

Als wir damit begonnen hatten, uns an ihn wie an einen Sohn zu gewöhnen, musste er zurück. Beim Abschied schenkte er mir einen Ring, den Löwen von Juda, in Gold auf schwarzem Onyx, das Insignium des Kaiserhauses. »Sie waren wie eine Mutter zu mir«, war

die Begründung. Uns wurde von Bekannten, die es wissen müssten, zugeflüstert, es sei zu vermuten, dass er einer der vielen Söhne des Kaisers wäre??? Während der Revolution in Äthiopien hatten wir Angst um ihn. Umso größer war die Freude, als wir ihn hier in München Ende der siebziger Jahre im spätabendlichen »Club Zwei« in einer Diskussionsrunde des ORF wiedersahen. Er saß dort als Direktor des »Roten Kreuzes« in Addis Abeba. Ohne Revolution hätte er Kultusminister seines Landes werden sollen. Dafür war er zum Studium nach Köln geschickt worden, volontierte im Fernsehen, in der ARD. »Es war eine schöne Zeit«, meinte er, als wir mit ihm in Wien noch einmal telefonierten. Seitdem haben wir uns aus den Augen verloren.
Unsere Nachbarn blieben uns weiter Vorbild. Aus dem Hilfsarbeiter wurde ein Unternehmer, seine Frau lernte Buchhaltung, um die Büroarbeiten erledigen zu können, Mitarbeiter wurden eingestellt. Aufträge kamen, Parkett in Kinos und Hotels zu verlegen. Das kleine Haus genügte nun nicht mehr. Sie hatten ein Grundstück an der Hauptstraße erworben, bauten und vermieteten. Dahinter entstand später für sie ein Bungalow vom Feinsten. Bei der Einrichtung fragten sie uns um Rat. Mein Mann verstand etwas von »echten« Brücken, Teppichen und alten Möbeln. Die Tochter bestand das Abitur, studierte, wurde Studienrätin. Der Sohn trat in die handwerklichen Fußstapfen seines Vaters, übernahm später das blühende Geschäft. Da fühlten sich »die Alten« überflüssig, zogen in die Eifel, bauten mitten im Wald ein Haus auf eigenem Grund und Boden von beachtlicher Größe und betreiben dort seitdem eine Damwildzucht.

Solche Einzelschicksale konnte man mehr und mehr beobachten, diesen Fleiß mit der festen Absicht, es zu etwas zu bringen für sich und die Kinder. Das war das größte Wirtschaftswunder, geboren aus einer zuvor nicht gekannten Freiheit unter den Maximen Ludwig Erhards. Es war eine Zeit absoluter Selbstverantwortung ohne staatlichen Einfluss.

Reihenhäuser gab es schon ab 45 000 DM, Atriumhäuser und Bungalows so um die 200 000 DM. Filialen von Ladenketten machten auf. Die Fernsehstudios wuchsen in die Landschaft, Bocklemünd, Hürth etc. Wo beim Bauen das Geld knapp war, half die Familie nach Feierabend mit. War der erste Kühlschrank noch bescheiden, war der nächste schon größer. Autos wurden gekauft. Man reiste mehr und weiter. Immer wieder wird heute behauptet, es sei damals eine Zeit gewesen, die nur materielle Werte gekannt, sie in den Vordergrund gestellt habe. Das kann ich nicht so sehen. Wer sich anstrengte, um

Unser Haus in Widdersdorf bei Köln, Falkenweg 3, 1958–1973

aus Trümmern blühende Landschaften zu machen, handelte altruistisch für kommende Generationen. Ich habe keine Kinder gesehen, die unter der Arbeit ihrer Eltern gelitten hätten. Sie halfen mit und waren stolz, selbstbewusst. Erst nach 1957 kam mit wachsenden Ansprüchen an den Staat die »Selbstverwirklichung«, »Kinderläden«, die für »Wildwuchs« plädierten. Wir holten unter Versprechungen Ausländer herein, die jene Arbeiten verrichten sollten, für die sich ein Deutscher nicht mehr geeignet hielt, eine Entwicklung, die zu einem großen Teil heutiger Probleme geführt hat.

Lag in Bonn der Schwerpunkt unserer Kontakte in Politik und Diplomatie, so verlagerte er sich in diesen Jahren auf die Großwirtschaft, auf Firmen, Verbände, Messen in der ganzen Bundesrepublik. Wir gehörten – noch bekannt aus Bonner Zeiten und mein Mann als Ressortchef – zu jenem Kreis von Wirtschaftsjournalisten, die von der Großwirtschaft zu Bilanzbesprechungen, Seminaren und Ähnlichem regelmäßig eingeladen wurden, so z.B. von der Allianz, München, der BASF, den Farbwerken Höchst, Bayer-Leverkusen, Krupp, Shell, Dunlop, aber auch mittelständischen Unternehmen im Sauerland, um nur einige zu nennen. Mein Mann wurde allein von Volkswagen, Mercedes, etc. eingeladen. Wir beide von so manchem Verband,

In unserem Garten um 1960

Verbandstagung in Düsseldorf mit Baron und Baronin von der Osten, um 1960

darunter dem Gesamtverband des Versicherungswesens. Die Berichte über die Veranstaltungen wurden nicht selten zwischen Bettkante und Hotelsekretariat entworfen und in Windeseile an die Redaktionen durchtelefoniert, war doch die Konkurrenz – auch innerhalb dieses Kollegenkreises – groß. Angenehm war es, stets in ersten Hotels zu wohnen, eine Selbstverständlichkeit für diesen Kollegenkreis und die einladenden Unternehmen. Auch der gesellige Teil sowie Kontakte, die auf oberster Ebene geschlossen wurden, waren reizvoll und nützlich. So wohnten wir in Hamburg – auf Spesen, privat wurde es deutlich billiger – stets im »Atlantik« oder den »Vier-Jahreszeiten«, in München im »Bayerischen Hof« oder auch den »Vier Jahreszeiten«, eventuell auch im »Hilton«, ebenso in Berlin, einmal dort auch im schönen »Hotel Gerhus«, einer alten Grunewald-Villa.

Nahezu stets bekamen wir beide die gleichen Einladungen, jeder für seine Klientel. So fuhren wir als Kollegen durch die Lande, nicht als Ehepaar. Da es noch nicht üblich war, eine Kollegin zur Frau zu haben, wurde mein Mann gehänselt. Wir waren in einer Krise. Dann lachte er, nahm die bissigen Bemerkungen seiner Umwelt nicht mehr ernst. Wir machten gemeinsam weiter.

Erni Meier, genannt »Kraft-Meier«, weil er bei der Allianz in München der Kraftfahrzeugsparte vorstand, stammte aus Königsberg. Stundenlang erzählte er in ostpreußischem Dialekt Witze aus

Einladung zum Presseempfang vom PR-Chef von Krupp, Graf Zedwitz-Arnim, in Essen, um 1966

seiner Heimat, wenn Seminare oder Pressekonferenzen vorbei waren und das gemütliche Beisammensein sich anschloss. Bei so mancher Gelegenheit schwangen wir gemeinsam das Tanzbein, bis ihn ein Leiden daran hinderte. Einmal, zu einem Mittagessen im »Seehaus«

im Englischen Garten war der Platz neben mir leer. Die Kollegen hänselten mich, weil mein Tischherr nach Hause gefahren war. Als er zurückkam, hörte er davon. Zur Buße ließ er mir während seines nachmittäglichen Vortrages vor den Kollegen vom Kellner eine gewaltige Pralinenschachtel überreichen.

Ein anderes Mal bat Pressechef David vom Gesamtverband der Versicherungswirtschaft in den Berliner Grunewald. Zuvor fragte er meinen Mann, ob er auch mich einladen solle? Man wolle »Züge durch die Nachtlokale machen.« Darauf Stefan: »Selbstverständlich laden Sie meine Frau ein! Züge durch Nachtlokale pflegen wir gemeinsam zu machen.« Es gab bei dieser Tagung auch ein Mitternachtscabarett, geboten von den weithin bekannten »Berliner Stachelschweinen«, den blutjungen Günther Pfitzmann an der Spitze. Heute sieht man ihn noch immer, wenn auch als alten Herrn, auf dem Bildschirm. Am selben Abend fand in der Nebenvilla eine Bleyle-Modenschau statt. Nach der Vorstellung wurden Mannequins von dort herübergeholt. Manche blieben erheblich länger. Einer der Herren hatte sechs Kinder zu Hause. Ich war bei solchen Veranstaltungen nahezu immer die einzige Ehefrau. Freundinnen waren üblicher.

Als wir in Hamburg wieder einmal zu einer Bilanzbesprechung eingeladen waren, stand in einem Sektkübel in unserem Zimmer im »Atlantic« für mich ein großer Rosenstrauß. Kleine Aufmerksamkeiten waren üblich, doch diese? Nach der Konferenz, beim Presse-Empfang im »Übersee-Club«, löste sich das Rätsel. Der Pressechef des einladenden Unternehmens, Helbig, war vor Jahren eben jener Wirtschaftsredakteur der »Welt« in Hamburg gewesen, der uns zu schikanieren begann. Es habe ihm Leid getan, wir seien seine beste Wirtschaftsredaktion gewesen. Der Verlag habe ihn dazu gezwungen. Wir möchten es ihm nicht verübeln, bat er meinen Mann und mich.

Nicht auf alle Reisen konnte ich mit. Stefan war allein in den USA, in Schweden und Portugal. Als er vom italienischen Botschafter eingeladen wurde, von Mailand bis Bari – zwei Wochen lang – die wirtschaftlichen Verhältnisse Italiens zu studieren, von blühender Industrie bis zum Mezzo Giorno, bat er, mich auf eigene Kosten mitnehmen zu können. Da wurde auch ich eingeladen. »Amigo«? Darüber haben wir nicht nachgedacht, die Reise genossen. In jeder Stadt besuchte uns im Hotel ein Vertreter des staatlichen italienischen Reisebüros – männlich oder charmant weiblich – mit fertigen Besichtigungsplänen. Es wurde alles bezahlt bis auf die Briefmarken der Ansichtspostkarten. Wir konnten es uns daher leisten, anschließend weitere zwei Wochen an der Adria privat zu verbringen.

Auch andere Privatreisen hängten wir beruflichen an. Dann wurden sie billiger. Man sparte Benzin, die Spesen halfen mit. Mehrmals fuhren wir quer durch Frankreich. Mittags genügte ein Picknick auf grüner Wiese oder ein Besuch jener Landgasthäuser, in denen die Marktfrauen Brot und Käse aßen, Rotwein tranken. Abends leisteten wir uns, nachdem wir uns im Hotel passend umgezogen hatten, ein feines Restaurant mit mehrgängigem Menü, das teuerste damals für 15 DM pro Person. Spanien wurde bereist, bis hinunter nach Alicante. Mir war es dort zu heiß. Und immer wieder zog es Stefan nach Österreich und Italien, jenem K.u.K.-Bereich, aus dem er stammte.

Ferienwohnungen kamen in Mode. Wir konnten uns ihrem Reiz nicht entziehen. Stefan schrieb viel über sie. Wir wurden zu Besichtigungen in die Schweiz, in Frankreich, eingeladen.

Um die Wende 59/60 boomten die Aktien des Volkswagenwerkes. Wir rieten meiner Mutter zu kaufen. Innerhalb von Wochen wurden aus ein paar wenigen 16 000 DM, für uns damals eine beachtliche Summe. Wir fuhren nach Grado, kauften ein 32-Quadratmeter großes Appartement, das aus zwei mit einer Schiebetür verbundenen Räumen, einem kleinen Duschbad, einer Küchenzeile bestand. Vom Balkon, nach Norden gelegen, der starken Sonneneinstrahlung wegen, blickten wir auf die Lagune. Als wir die Wohnung ein Jahr darauf bezogen, war alles bis ins Kleinste nach Wunsch ausgeführt, zum vereinbarten Preis, ohne Aufschlag. Mit einer kompletten Einrichtung vom Möbelhaus, mit Einbauschränken, Betten mit Umbauten, Tisch, Stühlen und großem Sonnenschirm, hatte der Gewinn der Aktien gereicht, blieb sogar noch ein kleiner Rest. 1960 kostete alles zusammen 13 000 DM.

Wie ich schon erzählte, gehörten Versicherungsfragen zu unserem Themenkreis. So war es nahe liegend, dass mehr und mehr Soziales mit einbezogen wurde. Wenn es um die Geburt der neuen Sozialgesetze ging, waren wir nicht zuletzt vom Bund katholischer Unternehmer, der Pate stand, immer dazu geladen, oft in Bad Neuenahr.

Die Bismarcksche Sozialvorsorge deckte mit ihren niedrigen Beitragsbemessungsgrenzen nur das unterste Feld der Einkommensskala ab. So war die Mehrzahl der Bevölkerung, die über dieser Grenze verdiente, sozial nicht abgesichert oder ihre Vorsorge durch Kriegseinwirkungen verloren gegangen, Erspartes war abgewertet, eine große Lücke klaffte. Vor allem und nicht zuletzt galt dies für jene Älteren, die kriegsgeschädigt waren, wie Kriegsheimkehrer, Witwen, Menschen, denen es nicht mehr möglich sein konnte, zeitgerecht ihre eigene Alters- und Krankenvorsorge zu leisten und aufzubauen. Auch jene, die unter sozialen Schutz fielen, bekamen angesichts der unten angesetzten Beitragsbemessungsgrenze extrem niedrige Renten von bis zu 20 und 30 DM monatlich. Es musste also zwingend zur Erhardschen Aufbaupolitik im freien Markt eine soziale Absicherung ergänzend hinzukommen.

Nach vergeblichen Versuchen, die Lücke über zahlreiche Novellierungen alter Gesetze zu schließen, kam der Durchbruch 1957 mit der Einführung des »Generationenvertrages«, der »dynamischen Rente«. Der Gedanke, von Idealismus getragen, die aktiv im Beruf stehende jüngere Generation solle die alte, die begonnen hatte, die Trümmer fortzuräumen, an ihren darauf aufbauenden wirtschaftlichen Erfolgen teilhaben lassen, wurde dankbar und begeistert von allen jenen aufgenommen, die glaubten, dies sei die Lösung, der »Soziale Fortschritt«. Doch es gab auch andere Stimmen von Anfang an, warnende, zu denen auch die Adenauers zählte:

»Tja, meine Herren, das ist ja alles ganz schön, solange es bergauf geht, was aber ist, wenn es bergab geht?«

Auch Erhard zögerte, bedeutete doch dieser Schritt wieder staatliche Lenkung. Immer wieder wurde betont, dass die Rente keine volle, umfassende Altersvorsorge sein könne und solle. Sie diene nur der Abwendung von Not.

Dazu Erhard: »Soziale Sicherheit ist nicht gleichbedeutend mit Sozialversicherung für alle. ... *Am Anfang muss die eigene Verantwortung stehen*, und erst dort, wo diese nicht ausreicht oder versagen muss, setzt die Verpflichtung des Staates und der Gemeinschaft ein.«

Der Kreis der sozial Geschützten war anfänglich eng begrenzt. Noch 1957, bei der Einführung der neuen Sozialgesetze, lag – wie schon erwähnt – die Beitragsbemessungsgrenze für Angestellte bei 9 000 DM jährlich und wurde erst zu diesem Zeitpunkt auf 15 000 DM heraufgesetzt. Ein Umstand, der auch Gegner staatlicher Lenkung schließlich zustimmen ließ. Wer darüber verdiente oder freiberuflich, fiel nicht in sozialen Schutz, etwas, das immer wieder bestritten wird, nicht bewusst ist. So war es aber bis 1972, nachdem ab 1969 das Umlageverfahren allein galt und man 1972 auch die so genannten »Besserverdienenden«, deren Einkommen über einer inzwischen gigantisch gestiegenen Beitragsbemessungsgrenze lag, zuließ. Sie konnten sich mit einigen zigtausend Mark in die Sozialversicherung einkaufen, hatten die Wahlmöglichkeit. Damit gab es erneut zusätzliche Verpflichtungen, nach sozialen Wahlgeschenken der vergangenen Jahrzehnte, der Abzweigung von Geldern für Fremdleistungen, der neuen Alterspyramide und weiteres mehr. Vieles davon gedieh auf dem Hintergrund des – ganz anders gemeinten – Wortes vom »Legalen Anspruch«, das 1957 fiel und in den neuen Gesetzen verankert wurde. Man wollte jenen, die sozialen Schutz brauchten, die Scham nehmen, die uns noch anerzogen war, wenn es darum ging, den Staat um Hilfe anzugehen. Damit aber wurde die Grundlage geschaffen für ein völliges Umdenken, ein »Anspruchs-Denken«, das den Staat für nahezu alle Wechselfälle des Lebens verantwortlich machen wollte.

Es entwickelte sich aus damaligen Anfängen eine »Volksversicherung« mit allen jenen Problemen, mit denen wir uns heute auseinander setzen müssen, sollen nächste Generationen nicht unverhältnismäßig und damit unsozial belastet werden. Schaut man hinter die Zahlen, so ist bei weitem nicht alles »sozialer Fortschritt«, was so bezeichnet wird. Mancher Beitragszahler wäre mit einer privaten Vorsorge sehr viel besser beraten. Bis jetzt jedoch zwingen die Gesetze solche Initiativen in die Knie.

So wurde denn auch in weiser Voraussicht schon von 1957 an – immer intensiver in den Folgejahren – von Experten vor einer Entwicklung, wie wir sie heute haben, gewarnt. Vergeblich, das Thema war tabu.

Nun aber, da die Welt atemberaubend schnell zusammenwächst, auch technisch bedingte strukturelle Veränderungen das wirtschaftliche Bild wandeln und damit jene Säule von Arbeitnehmern, die die Hauptlast unseres Sozialsystems zu tragen hat, schmäler und schmäler wird bei wachsenden Ansprüchen, notwendigen Leistungen, in einer Zeit, in der die Menschen immer älter werden und damit die Belastungen nächster Generationen unerträglich, muss eine Lösung gefunden werden, nicht zuletzt auch deswegen, weil weltweite Konkurrenz ein anderes System erfordert.

Solange gut und besser verdient wurde, es Arbeitsplätze mehr und mehr gab, es mit Wachstum und demographischer Ausgewogenheit stimmte, lief alles glatt. Doch man lebte privat und sozial über seine Verhältnisse und die des Staates, nicht nach dem Krieg, aber sehr bald nach 1957, als man glaubte, sich alles leisten zu können. Der rasante Aufstieg, dieser Luxus pur, ließ Kinder sich an den Wohlstand der Alten gewöhnen; sie hielten ihn für selbstverständlich. Sie glaubten und hofften, ihn sich mit viel weniger Arbeit als die der Eltern, weniger Stress, erhalten zu können.

Kürzere Arbeitszeiten, längeres Studium, nur gewählt nach eigenen Interessen, ohne Rücksicht auf den Arbeitsmarkt, Studium ohne Gebühren als selbstverständliche Forderung, Aufbäumen gegen Autorität, Kinder können Eltern auf Unterhalt verklagen, kürzere Aktiv-Phase, geringere Lebensarbeitszeit, nachlassende Einsatzbereitschaft bei steigenden Löhnen und Renten, wachsende Ansprüche, immer mehr soziale Benefizien, gefordert in der Verkennung der Tatsache, dass der Staat wir selber sind, staatliche Überregulierung. Damit war Erhards Gedanke ins Gegenteil verkehrt. Trotzdem wurde seine »Soziale Marktwirtschaft« als Begriff immer wieder gebraucht, missbraucht, versucht, seiner Politik eine ganz andere Deutung posthum zu geben, wenn man sie mit unserem überzogenen Sozialstaat gleichsetzt. Im Gegenteil. Erhards »Soziale Marktwirtschaft« war das Instrument seiner liberalen Wirtschaftspolitik: »Eine florierende Wirtschaft ist auch die sozialste«, »So wenig Staat wie möglich; nur so viel Soziales wie nötig«, muss ich wiederholen. Freier Wettbewerb in Eigenverantwortung jedes Einzelnen brachte »Wohlstand für Alle« in nahezu totalem sozialen Frieden.

Viel zu wenig bekannt ist, dass ein Sozialdemokrat, Leonhard Miksch, zum Ideenträger Ludwig Erhards wurde. Er war Verfechter der liberalen Lehre Professor Walter Euckens. Zu meiner Zeit war Dr. Miksch in der »Verwaltung für Wirtschaft« in Frankfurt/Höchst, bevor er als Professor an die Universität Freiburg 1949 wechselte, Referatsleiter und Vertrauter Ludwig Erhards. Schon am 19. September 1950 starb er. Umso wichtiger erscheint es, an seine bedeutende Rolle für die Wirtschaftspolitik der jungen deutschen Bundesrepublik zu erinnern. Welches Gewicht auch für unsere Zeit und Zukunft die »Freie Marktwirtschaft« und ihre Repräsentanten, an der Spitze Ludwig Erhard, haben, zeigt eine jüngste Offensive führender Verbände der Wirtschaft für eine zeitgerechte Erneuerung der »Sozialen Marktwirtschaft« als bewährtem Ordnungssystem. Danach sei es heute nötiger denn je, Liberalisierung, Risikobereitschaft, Eigeninitiative, Unternehmergeist mit Deregulierung staatlichen Einflusses zu verbinden, auf diese Weise Rahmenbedingungen zu schaffen und damit eine zeitgemäße Weiterentwicklung Erhardscher Ideen, die uns schon einmal »Wohlstand für Alle« beschert haben, als »Chancen für alle« mit probaten liberalen Mitteln zu ermöglichen.

»AGRIPPINA« UND »INDUSTRIE-INSTITUT«
1966–1972

Trotz unseres hektischen Lebens war ich viel allein, wenn ich zu Hause meinen freiberuflichen Weg ging. Ich wollte unbedingt mit 39 Jahren noch ein Kind. Eine lebensgefährliche Operation war die Folge. Da meinte Stefan, es sei besser, ich suche mir wieder einen aushäusigen Job. Es fand sich nichts. Bis wir bei einer Hauseinweihung ein Ehepaar kennen lernten, mit dem wir uns an diesem Abend gut und lange unterhielten. Kurz darauf wurde mir bei einer Teeeinladung empfohlen, mich an den neuen Generaldirektor des »Agrippina«-Konzerns zu wenden, da doch Versicherungswesen eines meiner journalistischen Haupt-Themen sei und Köln zudem als Versicherungsstadt gelte. »Nein«, war meine spontane Reaktion, war doch der Name der des Gesprächspartners jenes Abends. Als sich auch weiterhin nichts Interessantes tat, schrieb ich seiner Frau ein paar Zeilen. Generaldirektor Ludwig Theodor von Rautenstrauch rief mich an, bestellte mich in sein Büro. Die »Agrippina« hatte mich im Frühjahr 1966.

Auch mein Mann wechselte in diesen Monaten noch einmal. Er wurde Sprecher für den Umweltschutz im »Industrie-Institut« in Köln, dem Sprachrohr des »Bundesverbandes der Deutschen Industrie«. Professor Rolf Rodenstock hatte – schon damals – die Idee, Presse und Öffentlichkeit die Bemühungen der Wirtschaft um die Ökologie plausibel zu machen, keine leichte Aufgabe. Stefan musste neu lernen, vor allem viel Chemie. Wieder standen Reisen an. Ich erinnere mich an ein Podiumsgespräch im Münchner Rundfunksaal, an einen Vortrag, den er auf einem Parteitag der CSU – ebenfalls in München – hielt und Ähnliches mehr. Sein Anfangsgehalt lag um dreißig Prozent höher als das beim »Rheinischen Merkur« und stieg mit den Jahren erfreulich. Als ein weiterer Vorteil erwies sich dann auch, dass diese Position dem »Presseversorgungswerk« angeschlossen war. Mit einer anderen hätte er seine Altersversorgung auch ganz verlieren können.

Als ich bei meinem Vorstellungsgespräch in der »Agrippina« von meiner Pressetätigkeit sprach, meinten der Generaldirektor und sein Stellvertreter, ich solle auch bei ihnen »mit in Presse machen«. Das Referat sollte eines der Vorstandsressorts des Stellvertreters werden.

Artikel aus der »Süddeutschen Zeitung« vom 15. Juli 1966

Der Rhein soll reiner werden
Bayer errichtet Gemeinschaftskläranlage an der Wupper-Mündung

Mit einem Kostenaufwand von 200 Mill. DM entsteht im Raum Leverkusen ein großes Gemeinschafts-Klärwerk. Es stellt einen wesentlichen Beitrag zur allmählichen Sanierung des kranken Rheins dar. Mit rund drei Viertel der Kosten (nach dem bisherigen Voranschlag sind das 146 Mill. DM) sind daran die Farbenfabriken Bayer, Leverkusen, beteiligt. Die Restfinanzierung verteilt sich auf den Wupperverband, die Stadt Leverkusen und den Landschaftsverband Rheinland.

Noch 1927 sind nach der amtlichen Fischereistatistik im Ober- und Hochrhein 2 469 Lachse von rund 12 Pfund das Stück gefangen worden. Dieser Jahresfang im Gesamtgewicht von mehr als 14,5 Tonnen repräsentierte damals einen Wert von etwa 150 000 Mark. Heute wird dort nicht ein einziger Lachs mehr gefangen, geschweige denn am Mittel- und Niederrhein, wo jedwedes Angeln zum nutzlosen Zeitvertreib geworden ist. Dabei ist es kaum länger als hundert Jahre her, daß sich das Hausgesinde in alten Dienstbotenverträgen es ausdrücklich ausbedungen hatte, nicht öfter als zweimal wöchentlich Rheinsalm essen zu müssen.

In unseren Tagen ist der sagenumwobene Fluß zu einer trüben Wasserstraße geworden, in der Abfallstoffe aller Art treiben. Aber nicht allein die Industrie und speziell die chemische Industrie, deren wichtigste Werke an seinen Ufern liegen, sind an dieser traurigen Entwicklung schuld. Vielmehr könnte der Rhein selbst dann kein fangträchtiger Fischereigrund von Salm und Forelle mehr werden, wenn sämtliche Industrieanlagen von seinen Ufern verbannt werden würden. Allein die 190 000 Schiffe, die ihn alljährlich mit 80 Millionen Tonnen Fracht befahren, schließen dies aus, von der immer dichter werdenden Besiedlung seiner Umgebung ganz abgesehen, die ebenfalls kräftig zu seiner Verschmutzung beiträgt.

So hat sich seit der Jahrhundertwende die Bevölkerung im dichtesten Ballungsgebiet unseres Landes an Rhein und Ruhr annähernd verdoppelt. Demgegenüber ist der Wasserbedarf für Bevölkerung und Industrie und ebenso die Fülle des Abwassers auf das Sechsfache gestiegen. Der Wachstumsprozeß geht weiter. Die unausbleiblichen Folgen für die Wasserwirtschaft: Übermäßige Ausbeutung der Wasservorräte und eine oftmals zu starke Belastung der Flußeinzugsgebiete mit Abwasser.

Nun hat der Bund mit seinem Wasserhaushaltgesetz von 1957 ein gutes Rahmengesetz erlassen. Es schafft die Voraussetzungen für eine einheitliche Wasserordnung. Die Durchführung gehört in die Länderhoheit. So hat beispielsweise Nordrhein-Westfalen im Mai 1962, basierend auf dem Wasserhaushaltsgesetz des Bundes, sein Landeswassergesetz verabschiedet. Kurz darauf wurde es durch einen mit erheblichen öffentlichen Mitteln geförderten Fünfjahrplan der Wasserwirtschaft ergänzt. In seinem Rahmen werden inzwischen nach Angaben des nordrhein-westfälischen Landwirtschaftsministers Gustav Niermann in diesem Bundesland allein für wasserwirtschaftliche Neubauten je Werktag bereits 2 Mill. DM ausgegeben. Nun soll das neue Gemeinschaftsklärwerk im Raum Leverkusen die allmähliche Sanierung des Rheins ein gutes Stück weiterbringen. Es wird auf einem Gelände von etwa 100 Hektar errichtet. In ihm sollen die Abwässer des Werks Leverkusen sowohl als auch die der Städte Leverkusen, Solingen, Leichlingen, Burscheid, Bergisch-Neukirchen und Opladen geklärt werden.

Täglich durchfließen das Werk Leverkusen 700000 cbm Wasser. Diese Menge entspricht dem Tagesverbrauch der Städte Hamburg und München zusammen. Allerdings sind vier Fünftel davon Kühlwasser, das kaum reinigungsbedürftig ist.

Das mit organischen Stoffen belastete Werksabwasser von Leverkusen wird vorgereinigt und dann mit den 70000 cbm Abwasser des Wupperverbandes gemischt. Die kommunale und industrielle Abwassermischung im Verhältnis 1:1 gilt als erforderlich, um eine bessere biologische Reinigung zu ermöglichen.

In dem Klärwerk fallen außerdem täglich 250 bis 300 Tonnen Schlamm an. Er wird auf dem Gelände zwischen Klärwerk und Rhein mit Rückständen aus dem Werk sowie Bauschutt und anderen festen Stoffen in Art einer Stufenpyramide mit bepflanzten Böschungen abgelagert, die in 40 Jahren zu einer Höhe von 40 Metern anwachsen wird. Die brennbaren Rückstände werden in einer besonderen Anlage vernichtet. Die aus einem 100 Meter hohen Kamin entweichenden Rauchgase werden vorher mit Elektrofiltern gereinigt. Der Bau der Kläranlage, deren erste Ausbaustufe in etwa anderthalb Jahren fertig sein soll, macht es erforderlich, daß nicht nur Straßen und Autobahnstücke, sondern auch die Flußläufe von Dhünn und Wupper verlegt werden müssen.

Stefan Graf von Schlippenbach

Ich aber wusste, dass das so nicht gehen könne, jedenfalls nicht mit mir. So mancher prominente Journalist ist daran gescheitert, dass er – in der Hoffnung, sich hinaufarbeiten zu können – sich im mittleren Management eingliedern ließ, allen Vorstandsmitgliedern unterstellt. Man kann aber als PR- und Werbebeauftragter – und auch für das Unternehmen – nur dann erfolgreich arbeiten, wenn man in der ersten Linie unter dem Sprecher des Konzerns eingegliedert und ihm allein verantwortlich ist. Das anzustreben war für eine Frau dieser Generation und Jahre eine ungeheuerliche Anmaßung. Man nahm mich nicht ernst. Es gab Kämpfe, Intrigen, Schwierigkeiten. Ich legte mich quer, schloss keinen Kompromiss, ließ es darauf ankommen.

So blieb ich zunächst in meinem Archiv, dessen Leitung man mir mit einer Hilfskraft am Anfang übertragen hatte. Es umfasste etwa 1500 Geschäftsberichte von Assekuranz-Unternehmen der ganzen Welt und diente allen Konzerngesellschaften als Backround-Material. Personell war es der »Agrippina-Rückversicherung« angegliedert.

Im Frühjahr 1967 hatte ich es geschafft. Man holte mich in die Konzernleitung. Der Stellvertreter des Generaldirektors wurde Personalchef. Ich unterstand jedoch weder ihm noch den 12 anderen Vorständen der Gruppe, die aus sieben angeschlossenen Aktiengesellschaften bestand und damals die viertgrößte der westdeutschen Assekuranz war. Man übertrug mir die Stabsabteilung »Informationszentrum«, die allein und direkt dem Generaldirektor verantwortlich war und versah mich mit Einzelprokura für jede der sieben Aktiengesellschaften, eine gesetzliche Vorschrift für die Prokura der Konzernleitung. Dazu erhielt ich auf meinem Gebiet, PR und Werbung, Weisungsbefugnis an jene Kollegen in den angeschlossenen Aktiengesellschaften, die sich dort mit diesen Aufgaben befassten. Meinen »blauen Salon«, wie ich mein Büro nannte, weil ich mir blaue Samtsessel, einen blauen Teppichboden und blaue Gardinen zu den polierten braunen Möbeln ausgesucht hatte, durfte ich mir selber einrichten. Teppich und Gardinen gibt es als Statussymbol erst vom Prokuristen aufwärts. Mein Reich, mein Vorzimmer und Archiv, das ich in einem dritten Raum weiterführte, lagen unweit der Räume des Generaldirektors, um eine enge Zusammenarbeit zu unterstützen. Außer meinem Ressort gab es vier weitere Stabsabteilungen, die ebenso allein dem Generaldirektor unterstanden. Das waren der Justitiar, ebenfalls Prokurist der Konzernleitung, ein Abteilungsdirektor, der für die Steuern zuständig war, ein Prokurist für Wertpapier- und andere Vermögensanlagen der Gruppe und der persönliche Referent des Generaldirektors. Sein Stellvertreter nahm eine Sonderstellung ein.

In meinem Ressort, »Informations-Zentrum« genannt, war die PR- und Werbearbeit für die Aktiengesellschaften der Gruppe und für die in der Bundesrepublik verstreuten Außendirektionen konzentriert. Kein Vorstand, kein Außendirektor war gehalten, ohne Rücksprache mit dem »Informations-Zentrum« einen Pressekontakt zu knüpfen oder Anzeigen zu vergeben. Ausgenommen waren Personalanzeigen.

Der Einfachheit halber zitiere ich hier aus der vom Generaldirektor herausgegebenen Zuständigkeitsordnung für die Konzernleitung, soweit sie mein Ressort betraf:»... Alleinige Pflege der Kontakte zu den Presse-, Rundfunk- und Fernsehredaktionen; direkte Versorgung dieser Redaktionen mit Informationen; Überwachung der Presse, soweit Gruppen- und Assekuranzbelange berührt werden; Zeitungsausschnittdienst; Archiv; Werbung in Massenmedien (Zeitungen, Zeitschriften, Illustrierten, Rundfunk, Fernsehen); Disposition aller Werbeanzeigen (hierzu weisungsbefugt gegenüber Werbeabteilungen der Gruppen-Gesellschaften); Textredaktion für alle Kundenanschreiben und Prospekte.«

Allmorgendlich begann die Arbeit mit der Erstellung eines Informationsdienstes. Darin wurden aktuelle Ausschnitte aus der Tagespresse zusammengestellt, die speziell die Vorstandsmitglieder der sieben angeschlossenen Aktiengesellschaften interessierten. Die Pressemappen wurden in entsprechender Anzahl fotokopiert und um 9.30 Uhr vom Hausdiener verteilt. Das überließ ich nach einiger Zeit allein meiner einzigen Mitarbeiterin und Sekretärin, »Podschuk«, wie ich sie kameradschaftlich nannte. Wir haben als Team zusammen gearbeitet, in der festen Absicht, etwas gemeinsam zu meistern, das in so manchen anderen Großunternehmen einer großen Abteilung bedarf. Wir wollten uns durchsetzen.

Nach anfänglicher Skepsis der Vorstände ist dies wohl auch gelungen, wie mein Zeugnis 1972 zeigte. Im Anfang aber gab es nach wie vor Intrigen. Man wollte keine Frau »da oben«. Mit der Zeit fand sich der Vorstand damit ab und nahm mich ernst. Hätte ich – und damit möchte ich an dieser Stelle ein Denkmal setzen – »Podschuk« nicht gehabt, wäre es denkbar gewesen, mich scheitern zu lassen.

Sie war es auch, die – nach Einarbeitung unter meiner Aufsicht – mir die Vergabe mancher Anzeige abnahm, unter Berücksichtigung der Wünsche von Vorständen und Außendirektionen. Sie betreute

Archiv und Kartei, Ablage und Buchhaltung, schrieb alle notwendigen Briefe, die ich ihr damals noch ins Stenogramm diktierte und dazu meine Artikel und Berichte für die Presse und zur Information innerhalb der Gruppe und der Außendirektionen.

Meine Aufgabe brachte es mit sich, mit Werbeagenturen zusammen zu arbeiten. Sie entwarfen die Anzeigen und lieferten die Schablonen in verschiedenen Größen. Die Streupläne, nach denen jeden Tag in der Bundesrepublik der Name »Agrippina« in irgendeiner Publikation zu lesen war – meistens in kleineren, die billiger waren – machte ich selber, d.h. ich entwarf sie und »Podschuk« brachte sie ins »Reine«.

Ich reiste viel. Einmal, um die Außendirektionen auf meinen Gebieten zu schulen, zu beraten. Zum anderen, um dort, wo es für den Außendienst als Unterstützung seiner Aquisitionsarbeit nötig schien, örtliche Pressekonferenzen einzuberufen, auf denen der Generaldirektor zu einem aktuellen Thema sprach. Dasselbe galt für das Fernsehen. Eine gute Gelegenheit, den Namen »Agrippina« im Unterspann erscheinen zu lassen und damit den Bekanntheitsgrad zu steigern.

Ich schrieb Artikel, die nicht zuletzt auch deshalb erschienen, weil meine Kollegen mich aus alten Zeiten kannten. Dazu kommt, dass man in einem Dienstleistungsunternehmen größeren Spielraum mit Themen für die PR hat als in der Konsumgüterindustrie, und man damit weniger Gefahr läuft, der Schleichwerbung zu unterliegen. Um die Aquisition von Unfallversicherungen zu unterstützen, arrangierte ich in Kindergärten Malaktionen in Zusammenarbeit mit der örtlichen Verkehrspolizei, die im Garten jenes Lokals, in der die von Kindern gemalten Bilder zum Thema »Verkehr« ausgestellt waren und bei Kaffee und Kuchen prämiert wurden, einen Verkehrsspielplatz aufgebaut hatte. Meine Anstrengungen wurden dadurch erleichtert, dass der Generaldirektor diese oder jene solcher Veranstaltungen mitmachte. Besonders erfolgreich war eine so genannte »Regenmäntel-Aktion«. Der Konzern hatte gelbe Regenmäntel in Hongkong gekauft und auf die Filialen in der BRD verteilt. Von meinem Büro aus wurde der Rundfunk beauftragt, sie kostenlos Schulkindern anzubieten, um etwas gegen die Unfallgefahr auf dem Schulweg zu tun, mit Nennung des Namens des Spenders, der »Agrippina«. Es wurde ein Riesenerfolg, die Mäntel weggerissen. Danach hatten die Vertreter leichtes Spiel bei den Eltern, Unfallversicherungen für ihre Sprösslinge abzuschließen.

Man könnte das lange weiter ausführen. Immer wieder musste ich mir etwas Neues einfallen lassen, um Bekanntheitsgrad und Umsatz zu steigern. Dazu hätte sich eine Gemeinschaftswerbung und PR mit anderen Unternehmen gut geeignet. Die »Agrippina«-Versicherung, eine der sieben Aktiengesellschaften, war ein traditionell bekannter Autoversicherer. Was hätte näher gelegen, als mit einem namhaften Autohersteller für beide zu werben in einer gemeinsamen Aktion: »Auto und Versicherung«. Auch die Reiseversicherung hätte man gut unterbringen und damit Abschlüsse fördern können. Doch da erlebte ich wieder einmal die Enttäuschung, als Frau von Kollegen nicht gleichberechtigt angesehen zu werden. Der Pressechef eines Unternehmens, das Nobelkarossen herstellt, nahm mich und meine Vorschläge nicht ernst, wollte mich als Kollegin in gleicher Position nicht anerkennen und versuchte, mich an seine Stellvertreterin abzuschieben. Selber sprach er nicht mit mir. Das ging mir zu weit. Das hatte ich nicht mehr nötig. Ich ließ die Idee fallen.

Im Auftrag meines Chefs wurden regelmäßig Pressekonferenzen einberufen, vor allem für die Jahresabschlüsse.

Angefangen von den Einladungen, über die Vorbereitung der »Waschzettel« für die Journalisten, dazu aller jener Unterlagen, die in einer Pressemappe zusammengestellt werden müssen, die Vorschläge für die Sitzordnung nach dem Alphabet, wie sie dem Generaldirektor vorgelegt werden musste – in unserem Falle, um keinen protokollarischen Fehler zu begehen – bis zum Arrangement des geselligen Drumherum, musste alles von mir allein erledigt werden. Meine früheren Kollegen, Ressortchefs der Wirtschaftsredaktionen der ganzen Bundesrepublik kamen, ließen mich nicht im Stich. Die langjährigen kollegialen Beziehungen zahlten sich aus.

Zu meinen Aufgaben zählte es auch, die Werbebriefe, die von den Fachabteilungen an die Kunden herausgehen sollten, zu redigieren. Das stieß bei den Referenten nicht immer auf Gegenliebe. Wer lässt sich schon gerne kritisieren?

Musste ich reisen, legten mein Mann und ich, wo es ging, unsere Termine in die gleiche Stadt, zum gleichen Termin.

Meine Stellung brachte mir diese und viele andere Annehmlichkeiten: Freies Kommen und Gehen, freie Spesen bis zum Luxusrestaurant und erstem Hotel. Wenn in der Fahrbereitschaft einer frei war, konnte ich einen Vorstandswagen mit Chauffeur für meine Dienstfahrten benutzen. Es wurde aber auch ständig der Erfolg meiner Arbeit kontrolliert. Der Vorstand, gerade, weil er mir nichts zu sagen hatte, passte auf. Es war eine aufregende und schöne Zeit, eine Bestätigung, die ich in meinem Leben nicht missen möchte. Sie endete, als 1972 die »Agrippina« an die »Zürich« verkauft und die Konzernleitung aufgelöst wurde.

Die beiden Herren an der Spitze, mein Chef und sein Stellvertreter, hatten mir, als sich die geänderte Situation abzeichnete, zum Jahreswechsel schriftlich eine einjährige Kündigung eingeräumt, sodass mich die »Zürich« noch bis 1973 bezahlen musste, ohne dass ich noch etwas hätte tun dürfen. Ich bekam das schon erwähnte Zeugnis und die »Agrippina-Gedenkmünze in Gold« als Anerkennung. Im Februar, als alles geregelt war, ging ich, war doch meine Arbeit zu Ende. Wenige Monate zuvor stand überraschend der Personalchef mittags in meinem Büro: »Ich habe Sie bis aufs Messer bekämpft. Sie haben gewonnen. Jetzt können Sie alles von mir haben.« Wieder einmal gab ein Mann nach. Auch er hat sein Wort gehalten. Er wurde Direktor der »Versicherungs-Akademie« in München, bis er vor einigen Jahren starb.

Was nun? Es kamen einige Angebote, bei weitem nicht so reizvolle. Es sollte sich bewahrheiten, was mir, als er auf mich böse war, mein Chef einmal entgegenschleuderte: »Kein Mann wird Ihnen als Frau noch einmal eine solche berufliche Chance geben, wie ich es getan habe.«

Das Ziel war erreicht. Mein Mann ließ sich 1972 pensionieren. Wir zogen nach Österreich. Seitdem habe ich nicht mehr gearbeitet. Es hat mir nicht Leid getan.

Unsere penkuniäre Situation hatte sich seit 1966 erheblich entspannt, dank unserer beider stark gestiegenen Gehälter. Neben dem Presseversorgungswerk, dem mein Mann angehörte, hatte ich meine soziale Versicherung, zu der ich bei meinem geringen Einkommen in den wenigen ersten Jahren im Amt verpflichtet gewesen war, als Hausfrauenrente mit dem geringsten Satz weitergeklebt. Das Kölner Haus war 1972 abgezahlt, das Wertpapierkonto dank meiner »Agrippina«-Bezüge gewachsen. Das hatte uns schon einige Jahre zuvor in die Lage versetzt, uns ein kleines Bauernhaus in Kärnten auf 1 000 Quadratmeter Grund für 10 000 DM zuzulegen. Als wir wieder einmal dort mit zwei alten Hosen und entsprechenden Pullovern – satt vom beruflichen Hotelleben – Ferien machten, entschlossen wir uns, nach Stefans Pensionierung ganz dorthin zu übersiedeln.

Alter in Kärnten, Grado, München
1973–1997

Das Grundstück wurde geteilt. Auf der unbebauten Hälfte entstand ein geräumiges Haus mit viel Holz, wie es in die schöne Gegend passt. Es wurde unter der Regie eines Baumeisters gebaut, als wir noch in Köln arbeiteten. Am 1. Februar 1973 bei unserem Einzug und der Schlüsselübergabe sahen wir unser Haus zum ersten Mal fertig. Es war wunderbar gelungen und von mir bar bezahlt, ich hatte die Wertpapiere beliehen. Stefan fand Käufer für unser Kölner Haus, die das Doppelte dessen zahlten, was das Kärntner kostete. Bleiberg war und ist nicht Köln. Es blieb ein Rest, aus dessen Wertpapierzinsen wir meine Mutter unterstützen konnten.

1972 öffnete – wie ich schon erzählte – die Sozialversicherung ihre Tore für »Besserverdienende«. Wir kauften meinen Mann aus meinen Ersparnissen für etwa 43 000 DM ein. Im Laufe der Jahre stieg die Verzinsung auf über 100 Prozent des von ihm Eingezahlten bzw. ihm Angerechneten. Mit meiner Hausfrauenrente stand es ähnlich, was die Verzinsung anbelangt. Dass sich das ein Staat auf die Dauer nicht leisten kann, liegt auf der Hand, ist viel zu wenig bekannt.

So verlockend das alles klingen mag, das Gesamtergebnis unserer Revenuen war bescheiden, zumal die familiären Belastungen noch lange bleiben sollten. Deshalb richteten wir im Parterre unseres Hauses, ebenso wie in einem Teil des alten Bauernhäuschens je eine Ferienwohnung ein und vermieteten an Gäste, in Grado ebenso. Dort hielten wir sie uns nur ein paar Wochen im Frühsommer frei. Länger als zwei Jahre haben wir das nicht durchgehalten. Mühe und Aufwand standen in keinem Verhältnis zum wirtschaftlichen Erfolg nach Abzug von Spesen und Steuern. Mit ein wenig Einschränken ging es auch ohne dieses unlukrative Geschäft.

Mein Mann, dem es in den letzten Jahren in Köln körperlich und seelisch nicht gut gegangen war, erholte sich im K.u.K.-Bereich seiner Kindheit. Bleiberg, seit 1969 Badeort mit einer Therme ähnlich wie Warmbad Villach, 16 Kilometer von ihm entfernt, in einem herrlichen Hochtal, etwa 1 000 Meter über dem Meeresspiegel gelegen, einer Luft wie Sekt, der Hausberg ist der Dobratsch, 25 Kilometer von Tarvis, der italienischen Grenze entfernt, wurde unsere neue Heimat. Die Nachbarn, erst zugeknöpft, Bleiberg und seine stolzen

Bergarbeiter waren überwiegend »rot«, so sehr, wie wir es aus der Bundesrepublik nicht kannten, dazu nationalbewusst, mussten Vertrauen gewinnen. Mit der Zeit wurden daraus dörfliche Freundschaften. Wir bekamen viel Hilfe und Zuneigung, auch heute noch über Jahre und Grenzen hinweg.

Frau Katharina, Bäuerin, Witwe, Mutter von drei Söhnen, war immer da, wenn man sie brauchte, bekochte uns in ihrem rosa Haus, zog für uns Salat und Gemüse mit in ihrem Garten. Anna, ein behindertes Mädchen, das sie aufgenommen hatte, brachte auf einem Wägelchen gute Erde für unsere Blumen, holte die Wäsche ab, brachte sie gebügelt wieder. Katharinas Sohn ist heute Universitätsprofessor in Graz, mit uns befreundet. Das letzte Mal sah ich ihn mit seiner Frau – einer Ärztin – als wir den 90. Geburtstag meines Mannes im Hotel feierlich begingen. Als dieser Professor noch Gymnasiast war, schnupperte er gern und oft in unserer Bibliothek.

Unser Nachbar gegenüber, Schlossergeselle, wurde Lastkraftwagenfahrer bei der »Bergwerksunion«, als er für Frau und vier Kinder zu sorgen hatte. Er verdiente damit besser. Auf einem von ihm mühsam trocken gelegten Sumpf baute er Haus und Garten, heute ein Schmuckstück. Seine Kinder machten stolze Karrieren bis zum Generaldirektor. Er half uns in Haus und Garten, reparierte, wo notwendig, renovierte unser Haus mit seinem Sohn. Er fuhr uns herum in ganz Kärnten, als mein Mann zu alt wurde, es selber zu tun. Die Freundschaft ist bis heute geblieben.

So auch mit dem ersten Direktor der Bleiberger Bergwerksunion. Ein in Habsburger Gelb gestrichenes Haus, von hohen, im Wind schwankenden Fichten umstanden, war sein Domizil, in dem wir viele gastliche Stunden verbrachten.

Wir schwammen im Thermalbad, damals noch primitiv. Aus dem Stehausschank wurde mit den Jahren ein elegantes Restaurant, aus bescheidenen Anfängen ein Vier-Sterne-Hotel. Auch unser Haus setzte Patina an, wurde schöner.

Mein Mann machte mir Sorgen, nach wie vor. Er zog sich zurück. Ich aber wollte keine Einsamkeit, zwang ihn, bei Freunden, entfernten Verwandten, am Wörther-See, Besuch zu machen.

»Jetzt bringe ich euch in ›tout Kärnten‹ herum«, versprach Nori nach einem ersten »schwarzen Kaffee« – dem Mocca nach Tisch. Und so war es. Einladungen hin und her, entlang des Wörther-Sees. Wenige noch »besitzlich«, die meisten Immigranten, die unter großen Entbehrungen wieder eine Heimat gefunden haben, sich in ihrem Kreis zusammenschlossen, leben den alten Stil. Im Sommer wurde

Luise Gräfin Schlippenbach, 1975 in Bad Bleiberg

Stefan Graf Schlippenbach, 1975 in Bad Bleiberg

In Kärnten, Juni 1990

man zum Baden am See gebeten, auf einem Grundstück mit Ferienhaus, das stets voller Gäste ist. »Zu trinken ist genügend da, wer Hunger hat, muss an den Eisschrank gehen.« Man konnte immer kommen, Motorboot fahren oder den See genießen, auch wenn der Hausherr nicht da war. Man war unter Freunden. Tee-Nachmittage in alten Landhäusern, gemeinsame Musikabende in einer Schlosskapelle, Empfänge, ein achtzigster Geburtstag auf der Almwiese am frühen Sommerabend in Festtracht, Braten am Spieß und Wein auf der Tenne einer Hütte, dreigängige Mittag- und Abendessen für acht bis zwölf Personen waren an der Tagesordnung. Die Hausfrau kochte selber, souverän, gut. Die Tafel war immer anders gedeckt, mit Silber und Blumen. Alles oft ohne Personal.

Eine Hochzeit am Sommermorgen im Juni. Braut und Bräutigam ruderten aus der gegenüber liegenden Kirche nach der Trauung herüber, direkt auf jenes ausgedehnte Grundstück zu, auf dem vor dem Haus am Ufer des Sees das kalte Buffet für dreihundert Gäste aufgebaut war, von einem Zeltdach vor heißer Sonne geschützt. Taufen, Primizen, Hochzeiten, Beerdigungen, gemeinsame Begegnungen von Jung und Alt, Feiern zusammen von der Urgroßmutter bis zum Urenkel in gepflegter Umgebung, auch wenn man im Krieg alles verloren hatte, Riten, die man einhält, Stolz, Leben mit überkommenen Sitten, für mich ein neues Erlebnis, eine Welt zum Wohlfühlen, sofern man zugelassen wird, eine Welt, die mich – wenn auch bescheidener – an meine Zeit in England, in Somerset, erinnerte. Auch wir luden ein, in Haus und Garten, zum Essen, zu Buffets, zu »Drinks«, bei familiären Anlässen auch ins nahe gelegene Hotel, inzwischen luxuriös geworden.

Wir sahen am 16. Mai 1976 im Fernsehen die unvergessene Sängerin Anneliese Rothenberger, ein schöner Abend, als plötzlich die Wände wackelten, Gläser klirrten. Es war das Erdbeben in der Friaul. Wir spürten es, obwohl das Epi-Zentrum weit entfernt lag. Alle stürzten in die Vorgärten, auf die Straße, blass vor Angst. Ein noch nie gekanntes Erlebnis. In dieser Nacht, Stefan schlief ruhig vor Erschöpfung, machte ich mir Gedanken und fasste Entschlüsse.

Bad Bleiberg, 1000 Meter hoch, hat im Winter viel Eis und Schnee, die Fußwege waren damals noch ungepflegt und glatt, die Luft eiskalt. Stefans kranke Bronchien machten sich bemerkbar in solchen Tagen.

Deutsche waren noch den Gesetzen der Bewirtschaftung unterworfen, konnten nicht ohne Erlaubnis frei konvertieren. Das passte mir nicht. »Wir brauchen wieder ein deutsche Adresse«, stand für mich fest. München, das war die Lösung. Erst als ich in der Zeitung zwei Adressen gefunden hatte, die für uns geeignet schienen, weihte ich Stefan ein. Er war siebzig und wollte nicht mehr umziehen. Er gab nach. Wir setzten uns in unseren »Oldtimer«, fuhren nach München. Klein musste die Behausung sein, konnte ich doch ohne Genehmigung kein Geld der österreichischen Nationalbank – als Ausländer – konvertieren. Die letzten deutschen »Pfennige« wurden zusammengekratzt, eine kleine Wohnung unweit des »Olympiaparks« gefunden, 32 Quadratmeter, in grünem Innenhof. Ich kaufte.

Der Steuerberater trat in Aktion und erwirkte auf langen Wegen durch die Ämter, dass wir mit deutscher Adresse auch hier wieder steuerpflichtig wurden, damals günstiger als in Österreich.

Stefan passte das alles ganz und gar nicht. Beim Einkauf notwendigen Hausrates stellte er sich mit dem Rücken zum Eingang des Geschäftes, verweigerte sich.

Kaum hatten wir das kleine Appartement bezogen, wurde im selben Areal eine 72 Quadratmeter-Wohnung angeboten. Ich rechnete zwei Wochen. Dann hatte ich im wahrsten Sinne des Wortes den Schlüssel, belieh auf Zeit meine Wertpapiere. Wir zogen ein. Die kleine Wohnung, verkauft für das Doppelte dessen, was sie uns gekostet hatte, brachte Luft. Nach wenigen Monaten konnte ich der Bank zurückzahlen. »An Ihnen kann man nichts verdienen«, meinte man lakonisch. Alles Übrige behielten wir: das Appartement in Grado, das alte und das neue Bleiberger Haus. Mit spitzem Rechenstift ging es, nicht zuletzt des Preisgefälles wegen zwischen München und Bad Bleiberg.

Haus Schlippenbach, Bad Bleiberg 1980

In diesen Jahren reisten wir hin und her zwischen München, Bad Bleiberg und Grado. Grado, eine Insel zwischen Venedig und Triest gelegen, heißt im Volksmund das »Paradiso dei Bambini«, flacher

Sandstrand, weiche Luft. Grado, die »Mutter Venedigs«, mit einer Altstadt, die man in jeder Kunstgeschichte findet, die Sommerabende bei Wein, Fisch und Grillen beim Bauern, Grado ist eine Liebe wert. Stefan wurde gesünder, schwamm im Meer, holte Wein und Pfirsiche aus der Campagna, auch zum Mitnehmen, kochte leidenschaftlich, genoss die Sonne, wurde braun, war glücklich. Ab Juli, wenn die Hauptsaison begann, wurde es mir zu heiß. Dann fuhren wir in unser Haus in luftiger Höhe, genossen Garten und Freunde. Die Nachbarn halfen in Haus und Garten. Danach gab es einen Plausch bei Bier und Wein.

Im Herbst brachte uns »Franzi«, stolzer Inhaber der Tankstelle und mit zwei »goldenen« Händen begnadeter Handwerker nach München, holte uns von dort auch wieder ab. Er fuhr so gerne »Mercedes«. Um glaubhaft zu bleiben: Dieses Auto – das einzige, das ich geliebt habe – Mercedes 250 S, hatten wir von einem Bekannten, der uns etwas Gutes tun wollte, sich uns verpflichtet fühlte, 1966 zum Schätzpreis übernommen. Als wir es 1992 – als Stefan nicht mehr fahren durfte aus Altersgründen – verkaufen mussten, weil ich nicht Auto fahre, habe ich geweint. Wieder war ein Stück Leben zu Ende.

Zu Stefans Geburtstag im April holte uns »Franzi« wieder heim nach Bad Bleiberg. Die Frau des Tischlers am Ort hatte alles hergerichtet in Haus und Garten, Blumen standen überall, Geschenke daneben.

Dann kam das große Amen. Stefan, der regelmäßig im Thermalbad schwamm, brach 1990 mit einem Blutsturz zusammen, hatte sich mit letzter Kraft aus dem Wasser retten können. Auf der Intensivstation wunderte sich schon am Abend der Arzt: »Er hat einen starken Lebenswillen! Ich glaube, er hat es wieder geschafft.« Ein Wunder!«
Ich zog zu ihm ins Krankenhaus, nach zwei Wochen konnten wir nach Hause. Doch sein Gang wurde schwerer, das Atmen schwieriger, das Gleichgewicht stimmte nicht.

1992 haben wir alles verkauft, in Grado und Bad Bleiberg. Wir zogen nach München. Dort war die Wohnung zu klein. Wir fanden eine größere und verlebten darin noch drei gemeinsame Jahre.

In diese Zeit fiel ein für mich ebenso überraschendes wie erfreuliches Ereignis. Das war im Frühjahr 1996.

Ich erhielt einen Brief der Rechts- und Staatswissenschaftlichen Fakultät der Universität Marburg a.d. Lahn, an der ich, wie ich erzählte, kurz vor Ende des Zweiten Weltkriegs meine Prüfung zum Dr. rer. pol. abgelegt hatte, unter kriegsbedingten dramatischen Umständen.

Nun lud man mich ein, zu einer Feierstunde, in der junge Kommilitonen promoviert werden sollten, als »Ehrengast« nach Marburg zu kommen. Man habe beschlossen, mir eine neue Urkunde – wenn auch mit der Verspätung von einem Jahr – anlässlich meines »Goldenen Dr.-Jubiläums«, also nach fünfzig Jahren, zu überreichen.

Die »Jubilarin« in Marburg inmitten junger Doktoren mit Rektor und Dekan im Mai 1996

Mein Mann war wenige Tage zuvor nach einer Operation aus dem Krankenhaus gekommen und brauchte Pflege. So lehnte ich ab und schlug vor, mir die Urkunde zuzuschicken. Als ich daraufhin angerufen wurde und man mir klar machte, wie enttäuscht man sei über meine Absage, warf mein Mann – er saß neben dem Telefon – hin: »Ich fahre mit.« Darauf sagte ich zu. Auch Alexander, der Sohn meines Mannes aus erster Ehe – heute ein bekannter Künstler in der modernen Musikszene, insbesondere im Jazz – entschloss sich, mich zu begleiten. So fuhren wir zu dritt mit einem Taxi im Mai nach Marburg und waren überrascht. So feierlich hatte ich mir das nicht vorgestellt. Ich saß zwischen Rektor und Dekan in der schönen alten Aula, voller Besucher, in einer Feierstunde mit Musik, mich ehrenden Reden, Blumen und Presse. Der Dekan bezeichnete in seiner Ansprache meine Doktor-Arbeit als noch ebenso aktuell wie vor fünfzig Jahren. Dieser schöne Tag war einer der letzten Höhepunkte,

Stefan Graf Schlippenbach, 90. Geburtstag am 25. April 1997

bevor ich nach langer, glücklicher Gemeinschaft meinen Mann Stefan verlieren sollte.

Am 8. Oktober 1997 ist Stefan im Schlaf gestorben. Seine letzten Worte galten mir.

Ein halbes Jahr zuvor war es uns noch vergönnt, seinen neunzigsten Geburtstag gleich zweimal zu feiern, einmal zu Hause in unserer Münchner Wohnung am Olympiaberg, am 25. April, ein zweites Mal Anfang Mai mit Empfang und gesetztem Essen in der ersten Etage im schönen Münchner »Bayrischen Hof«. Nur so konnten wir alle unsere Verwandten und Freunde einladen.

Im Hotel allein waren wir schon um die 45 Gäste, unser Bekanntenkreis war bis zum Schluss groß, reichte bis nach Österreich hinein. Sie kamen alle, und Stefan hielt die Feier ohne Zwischenfall durch. Eine Pflegerin, die damals regelmäßig zu uns kam, stand im Hintergrund bereit, wurde aber nicht gebraucht. Es war wohl die Freude, dass sich zu diesem Fest an einem besonders schönen Frühlingsabend nicht nur Freunde eingefunden hatten, sondern auch die Familie sich um ihn versammelte, ein Zusammenfinden nach vielerlei Missverständnissen, ein friedlicher Abschluss eines ebenso schweren wie bunten Lebens.

Sohn Alexander gab mit seiner Frau Akiko Takase – auch eine bekannte Künstlerin, Pianistin, Komponistin mit weltweiten Engagements – ein Konzert, zu dem auch ein von ihnen komponierter *Walzer für Luise* gehörte. Nicht zu vergessen: Der damalige ungarische Generalkonsul, Dr. Püspöck, stellte sich hinter Stefan und spielte ihm spontan auf einem alten Schifferklavier, das Alexander von seinem Vater vor Jahren geschenkt bekam, ungarische Volksweisen vor. Er spielte sie nicht nur, er sang sie ihm auch vor.

Dieses Schifferklavier hatte Stefan auf seiner Flucht aus Budapest 1944 begleitet und dazu beigetragen, dass er sich im »Café Alpenhof« in Frasdorf mit sonntäglichem Aufspielen zum Tanz ein kleines Zubrot verdienen konnte.

In den folgenden Monaten – im Sommer 1997 – zog er sich immer mehr von der Welt zurück. Zum ersten Mal in unserem Zusammenleben wurden Einladungen abgesagt. Er sprach weniger, wurde zunehmend introvertierter, depressiv, immer kleiner und schwächer. Doch der Geist blieb wach bis zum Ende in Frieden. Ich war bei ihm.

Damit begann der letzte Abschnitt meines Lebens.

Ich habe versucht, Wissenslücken zu schließen als eine der noch wenigen Zeitzeugen des wirtschaftlichen Nachkriegsaufbaues, wie ich ihn hautnah beruflich miterlebt habe. So mancher, den ich zitierte und der in dieser Zeit an weit höherer Stelle als ich stand, lebt nicht mehr. Was ich von Nachgeborenen las, hat mich nicht immer überzeugt. Man merkt, dass nachempfunden wird.

Erhards Vision war es bereits damals, die Welt über eine freie Marktwirtschaft friedlich zusammenwachsen zu sehen. Schon die EWG störte ihn, empfand er als Hemmschuh auf diesem Weg. So war er seiner Zeit voraus, musste noch an den Grenzen anhalten, konnte sie der Wechselkurse wegen nicht überspringen.

Was sich heute entwickelt, scheint mir wie eine späte Erfüllung dieser Vision, schwierig, langwierig, aber folgerichtig in die Zukunft weisend, ohne Alternative. Es lohnt sich, zurück, aber auch als Demokrat in einer freien Welt zu Ende zu denken, sich diese Mühe zu machen. Noch wird zu wenig vermittelt. Deshalb hoffe ich, dass meine Zeilen dazu anregen, den Bogen zu schlagen vom Gestern zum Heute und zum Morgen.

Wappen der Grafen Schlippenbach-Skoefte

Bildnachweis:

Alle Bilder aus Privatbesitz; Foto S. 84 aus: Walter Henkels, Die leisen Diener ihrer Herren, Econ, Düsseldorf und Wien 1985, vor S. 101